colección alandar

El anillo de Irina

Care Santos

EDELVIVES

Directora de la colección:
Mª José Gómez-Navarro

Equipo editorial:
Violante Krahe
Juan Nieto
Lupe Rodríguez

Dirección de arte:
Departamento de imagen y diseño GELV

Diseño de la colección:
Manuel Estrada

Carretera de Madrid, km. 315,700
50012 Zaragoza
Teléfono: 913 344 883
www.edelvives.es

ISBN: 84-263-5949-3
Depósito legal: Z. 2996-05

Talleres Gráficos Edelvives (50012 Zaragoza)
Certificados ISO 9001

Printed in Spain

El 0,7% de la venta de este libro se destina a la construcción de la escuela que la ONG Solidaridad, Educación, Desarrollo (SED) gestiona en San Julián (El Salvador).

FICHA PARA BIBLIOTECAS

SANTOS, Care (1970-)
El anillo de Irina / Care Santos. – 1ª ed. – Zaragoza : Edelvives, 2005
195 p. ; 22 cm. – (Alandar ; 73)
«V Premio Alandar»-cub.
ISBN 84-263-5949-3
1. Amor adolescente. 2. Relación padre-hijos. 3. Literatura rusa.
4. San Petersburgo. 5. Bibliotecas. I. Título. II. Serie.
087.5:821.134.2-31"19"

Novela ganadora del
V Premio Alandar de Narrativa Juvenil

El jurado se reunió el 12 de septiembre de 2005.
Estaba compuesto por Vicente Muñoz Puelles,
Luisa Mora, Andrea Villarrubia, Pablo Barrena
y José Manuel Gómez Luque.

Para Elia,
que nació en un mes de calores sofocantes,
muy propicio para leer literatura rusa.

Y para Víctor Andresco,
mi primo ruso, porque esta novela es suya.

Llevaré tu luz a lo largo de esta vida.

AFANASI AFANASIEVICH FET

Víctor me dijo una vez que tengo facilidad para enamorarme de mujeres tristes. Tenía razón: algo que siempre me gustó de Irina fue su tristeza. A veces Víctor estaba en lo cierto, incluso cuando no tenía ni la menor idea de lo que pasaba a su alrededor.

Víctor nunca supo con certeza lo que yo sentía por Irina. Para mí hubiera sido una vergüenza tener que reconocerlo, aunque tal vez él lo sospechó alguna vez. Me temo que mis dotes para el disimulo no eran muy notables hace quince años. El amor, recién descubierto, resultó un sentimiento muy desagradable, parecido a una enfermedad nerviosa. Quien se haya enamorado alguna vez sabrá entenderme. No es necesario que sea de la persona equivocada.

Procuré que nadie supiera toda la verdad. Víctor, por otra parte, solía estar siempre demasiado ocupado en sus propios asuntos para prestar atención a los míos. Una de las virtudes que más aprecio en mi madre es su don para intuir qué preguntas es mejor no formular. Y también su talento para escuchar cuando es necesario. Nunca le dije, aunque ella lo supo, que Irina fue la primera chica que me partió el corazón. Y también la única. Tampoco le mostré jamás el anillo que llevé tanto tiempo junto a mi pecho.

Aunque el anillo fue el más insignificante de los tesoros que retuve de Irina.

No sé por qué las personas tenemos tendencia a arrepentirnos de nuestros actos cuando ya no tienen remedio. Ahora, tantos años después, quisiera que todo hubiera sucedido de otro modo entre Víctor y yo. Supongo que, tras lo ocurrido, nuestra separación era inevitable. No me refiero a una separación física: seguí viéndole, claro, pero sólo porque no podía evitarlo. Y durante aquellas visitas me mostré cordial, pero más frío de lo que es habitual en mí. Es mi peor defecto: soy de natural reservado. Algunos lo llaman timidez. Sucede que no me gusta compartir mis cosas con cualquiera. Víctor, para mí, era un cualquiera. Y más después del verano en que apareció Irina en las vidas de los dos.

No podía ser de otra forma. Cometimos la mayor torpeza que pueden cometer dos hombres: nos enamoramos al mismo tiempo de la misma mujer. La esencia de lo que ocurrió parece vulgar vista desde la perspectiva de los años. Podría decirlo de otro modo, pero eso no cambiaría las cosas: los detalles circunstanciales no tienen relevancia, aunque entonces sí la tuvieron. Yo no podía soportar la idea de que ella le correspondiera. Me parecía indigno de alguien tan especial como Irina el sucumbir a los encantos fáciles de un seductor casi profesional como Víctor. Había conocido demasiadas mujeres rendidas ante sus encantos de pacotilla y no podía sufrir que ella fuera una más. Supongo que en alguna ocasión soñé con que Irina fuera única. Por eso pensé tantas veces en contarle toda la verdad sobre él, pero no lo hice. Veo ahora que la culpa la tuvo, de nuevo, mi talante introvertido. En cambio, me comí mi rabia muchas veces en el silencio nocturno de aquella casona alquilada.

En el fondo, no toleraba que mi rival no me diera ni siquiera la oportunidad de medir con él mis fuerzas, que me despreciara hasta el punto de ni siquiera temerme, que no existiera la ocasión de pelear por aquellos sentimientos que me asfixiaban. Víctor estaba acostumbrado a ganar esta suerte de batallas, y aquélla no iba a ser una excepción. He pensado muchas veces qué habría pasado si yo no hubiera tenido diecisiete años. Sospecho que nada muy distinto. El desenlace hubiera sido el mismo. Nada, en aquel momento, importaba, salvo que yo quería a Irina, Irina quería a Víctor y Víctor sólo se quería a sí mismo.

Tal vez sea cierto y me gusten las mujeres tristes. Durante mi adolescencia, nunca fui feliz en ninguna parte. No me faltaban motivos, era más bien una cuestión de talento. Hay gente que no sabe ser feliz, y yo era uno de ellos. También eso ha cambiado con los años, y en parte también gracias a Irina. Seguí las sendas de aquel mapa fabuloso que ella desplegó ante mis ojos y, si ahora he vislumbrado la posibilidad de volver a verla es sólo porque he llegado a un punto que parece un final, un destino. No he sabido de ella en todos estos años, aunque de vez en cuando he tropezado con su nombre en algunos de los libros que he leído. Irina es hoy una buena traductora de la lengua que tanto ama, el ruso. Vive en San Petersburgo, un lugar de belleza y frío del que me habló muchas veces, durante aquel verano que compartimos. Sé que es feliz porque adora esa ciudad. Solía decirlo: no había nada en el mundo que deseara tanto como vivir allí.

Hacia San Petersburgo me dirijo ahora, vía Helsinki. Mi hotel está en la calle Bolshaya Morskaya. Llegaré mañana a primera hora. No me espera nadie, ni siquiera Irina. Aunque, de algún modo, Irina lleva muchos años esperándome.

Ha pasado mucho tiempo desde nuestra última conversación, y tengo mucho que contarle. Le llevo un ejemplar de mi novela. Ella es la protagonista, creo que es justo que la tenga. También quiero devolverle algo que no debería haber estado en mi poder tanto tiempo.

Todo lo demás no importa. Por supuesto, sé que me arriesgo a encontrarme con una mujer muy diferente a la Irina que yo conocí. Puede ser que se haya casado, que tenga hijos… nada de eso es relevante. Las circunstancias han dejado de tener importancia. Todo es diferente ahora. Víctor ha muerto. Tal vez ella no quiera saberlo, tal vez no le importe, pero también siento que debo decírselo.

Sólo me queda añadir que Víctor era mi padre. Un padre al que no deseo parecerme. Si ahora pudiera decirle que voy en busca de Irina, ni siquiera se acordaría de ella, o la confundiría con alguna otra. Mi madre es capaz de reírse de esas cosas. Ella le perdonó. No sé si yo seré capaz de hacerlo algún día. Tal vez al final de esta historia pueda, por lo menos, comprenderle un poco. Por ahora, me he propuesto, en este principio de mi viaje ruso, recordarlo todo, sin olvidarme un detalle. Enfrentarme al pasado y revivirlo. Empezando por

EL PRINCIPIO

de todo fue aquella tuberculosis que me diagnosticaron a los diecisiete años. Yo no me sentía enfermo, sólo cansado. Estaba más delgado y había empezado a toser. El médico me examinó, me pidió que tosiera un poco mientras sostenía un pañuelo de papel frente a mi boca —cuando lo retiró había en él una diminuta mancha de sangre—, y luego explicó a mis padres que la tuberculosis, pese a ser extraña a mi edad, no era una enfermedad poco común, y que mucha gente, en contra de lo que todo el mundo piensa, la sigue padeciendo en nuestros días.

Me recetó unos antibióticos.

—Notarás que la orina se te vuelve anaranjada —advirtió el doctor, sin levantar la vista del papel en el que garabateaba algo.

Cuando por fin nos miró, alzando los ojos por encima de las gafas de montura plateada, dijo a mis padres:

—Estaría bien que pensaran en llevarse al chico una temporada a algún lugar donde pueda respirar un aire mejor que el de la ciudad.

Así empezó todo. Una frase que cambió el rumbo de mi existencia.

En cuanto pisamos la calle, volvieron las caras largas. Frente a un extraño los adultos son capaces de disimular. En cuanto la normalidad regresa, también los conflictos reaparecen. Eso aprendí de mis padres, que en aquella época estaban enfadados las veinticuatro horas del día, siete días a la semana y cincuenta y dos semanas al año. No soporto las caras largas. La vida en casa se había vuelto, desde hacía unos meses, insufrible.

Mientras eres un crío, tus padres también disimulan delante de ti, o procuran pelearse a tus espaldas. En mi casa esto se terminó de un día para otro, supongo que coincidiendo con el momento en que uno de los dos pensó que yo ya no era tan pequeño y que el concierto de gritos, llantos y palabras envenenadas no me iba a afectar. Se equivocaron. Me gustaría saber si hay alguien a quien no le afecte descubrir, después de diecisiete años de convivencia, que sus padres no son perfectos, sino dos personas de carne y hueso cargados de defectos que, además, tienen cierta facilidad para hacerse daño el uno al otro sin ningún motivo. Claro que, pensándolo bien, no conozco a nadie que discuta de un modo racional, aunque no esté casado con el otro.

El único motivo que se me ocurría entonces para explicar la crisis familiar era aquella insistencia de mi madre en que Víctor intentara cambiar de orquesta. Lo cual era como decir cambiar de trabajo. Víctor pasaba fuera toda la semana. El asunto de la distancia, la incomodidad y la soledad ya eran recurrentes durante el poco tiempo que estaba en casa. La frase más pronunciada por mamá era: «No se vive para trabajar, se trabaja para vivir». También solía ponerme a mí como excusa: «Álex ya va siendo mayor —decía—, cada vez necesita más tener a su padre cerca». No me gustaba que lo dijera, pero tenía razón: por aquella época, yo echaba de menos a Víctor de martes a domingo. Y, a veces, cuando llamaba el domingo por la noche con su lista de excusas para no venir, también le extrañaba los lunes, que entonces era su único día libre. Sus pretextos favoritos eran los ensayos de su nuevo grupo de cámara o los exámenes a los que debía asistir como miembro del tribunal.

Mi padre era violinista, y no uno cualquiera. También era profesor del Conservatorio y concertino en la orquesta de una ciudad a unos cuantos quilómetros de la nuestra. Y, por si todo eso no bastara, desde hacía unos meses formaba parte de un grupo de música de cámara que había fundado con algunos compañeros y con el que esperaba debutar antes de final de año. Elaborar el programa que iban a ofrecer supuso dos semanas de ausencia. Luego estaban los ensayos y las horas de estudio en casa. No es fácil llegar tan lejos en la música, hay que sacrificar muchas horas. Él había logrado el respeto de sus colegas por méritos propios, aunque a un precio alto para su familia.

Yo fui siempre el típico chaval necesitado de emociones o de compañía. No tenía facilidad para relacionarme con nadie, ni siquiera con gente de mi misma edad. En el instituto apenas tenía un par de amigos, no jugaba al fútbol, no me gustaban las excursiones y detestaba los trabajos en grupo. Conforme crecía me volvía más y más reservado, casi antipático. Puede que empezara a escribir a causa de mi necesidad de comunicarme, no lo sé. O puede que inventara mundos perfectos para sustituir a mi propio mundo. Nada era entonces demasiado meditado. Llenaba hojas y hojas de papel como si fuera algo natural. La idea de ser escritor rondaba por mi cabeza, pero sólo me lo tomé en serio mucho después, cuando conocí a Irina. Se podría decir que fue ella quien me hizo escritor al convertirse en mi primera lectora. Solía decirme:

—Un escritor, para serlo, sólo necesita una sola persona que le lea con entusiasmo. Sólo una.

Así estaban las cosas cuando una orquesta de prestigio convocó unas oposiciones para cubrir una plaza de primer violín. Era un puesto a la medida de mi padre. La orquesta era sobradamente conocida y tenía su sede en nuestra propia ciudad. Por si fuera poco, el director era Luis Pacheco, uno de sus mejores amigos, además de uno de los visitantes más habituales de nuestra casa, gran admirador de los platos que cocinaba mi madre y me hubiera atrevido a asegurar que también de mi madre. A pesar de que todo era favorable, a pesar de que mamá insistió e insistió, de que incluso Pacheco estuvo de acuerdo en que era un puesto a la medida de Víctor y dijo que estaría encantado de que se lo adjudicaran... a pesar de todo, mi padre ni siquiera se lo planteó.

Cuando mamá le hablaba del asunto, solía argumentar que era ya demasiado mayor para andar cambiando de compañeros y de director. Decía que no podía hacerles esto a sus colegas del grupo de cámara. También hablaba de no sé qué puntos acumulados por sus años en la enseñanza, que le daban —«nos daban», decía siempre— derecho a prestaciones fabulosas el día de su jubilación. A mamá y a mí, todo aquello nos traía sin cuidado. No tuvo que pasar mucho tiempo para que comprendiéramos que Víctor no tenía ningún interés en trabajar más cerca de casa, por mucho que su mujer insistiera o su hijo le necesitara.

Mi enfermedad llegó cuando las heridas de este último conflicto aún no habían cicatrizado.

Por la noche, cuando llegamos a casa después de que me viera el médico, estalló una crisis. Papá contó a mamá que durante los últimos meses otra mujer le había tenido embrujado. Ésa fue, exactamente, la palabra que utilizó: embrujado. No sé por qué tuvo que contar aquello precisamente en aquel momento. Era una mandolinista de la orquesta. Una húngara, o una búlgara, que habían contratado para la *Séptima* de Mahler, y que apenas estuvo allí una semana. Mamá escuchaba impertérrita, mirándole a los ojos, como desde un retrato. Estaban sentados a la mesa del salón, el mantel salpicado de las migas de la cena, y durante un buen rato Víctor estuvo hablando solo, como en una de sus conferencias. Dijo que aquel episodio —otra palabra suya— con la mandolinista ya había terminado, que nunca pensó que aquella mujer fuera para él nada serio, pero que todo ese asunto le había hecho sospechar que su matrimonio podía estar naufragando; y, en fin, que había resuelto tomarse unos días para meditarlo.

—Desde luego, si esto naufraga no será por mi culpa —dijo mamá—, yo nunca me he fijado en otro hombre. En cambio, tú, ya no sé las veces que... si hasta lo intentaste con Laura.

Laura era —sigue siendo, pero sólo porque la capacidad de mamá para perdonar y olvidar es inaudita— la mejor amiga de mi madre. Por aquel entonces, era una joven viuda con dos niños pequeños que casi siempre estaba en nuestra casa en busca de consuelo, consejo o compañía. Mi padre, claro, estaba dispuesto a darle cuanto le pidiera y mucho más.

—Eso no importa ahora, Blanquita —se adelantó papá—. Lo importante es que ambos creamos en esta pareja. Sinceramente, pienso que un poco de distancia y algo de tiempo nos sentarán bien. Estoy pensando en alquilar algo por ahí, en algún pueblo de montaña, y llevarme al chico. Él lo necesita y nosotros también. Creo que será lo mejor.

Víctor se fue camino del baño, a su ceremonia higiénica de todas las noches: lavarse los dientes, darse una ducha, embadurnarse de cremas. Mi madre, que no parecía haber movido ni un músculo, murmuraba:

—Nunca he creído que las separaciones ayuden a arreglar las cosas.

Sólo hacía una semana que había terminado el curso y ya se adivinaba que aquél no iba a ser un verano como los demás. En apenas cuarenta y ocho horas, gracias al conocido del conocido de un amigo, mi padre había alquilado una casita en un pueblo de la provincia de Soria.

—Es un lugar tranquilo, apartado, saludable. Saldremos a respirar por las mañanas y por las noches estudiaré. Podré preparar el programa del grupo y el solo de *Scherezade*. Es perfecto —anunció Víctor.

—¿Y qué vais a comer? —preguntó mi madre.

—Me han hablado de una mujer del pueblo que cocina para algunos veraneantes. En cuanto lleguemos contactaré con ella.

Nada interfirió en los planes de mi padre. Mamá preparó nuestras maletas con una docilidad que me sacó de quicio. Hubiera preferido que se rebelara, que le reprochara a Víctor aquella actitud, que se atreviera a plantarle cara, incluso a amenazarle con marcharse si él no cambiaba, aunque fuera por una vez. Sin embargo, ella nunca levantó la voz a su marido. Antes de que se acostara aquella noche —sin cenar y muy temprano, como casi siempre en las últimas semanas—, intenté tener una conversación adulta con ella, pero fue inútil.

—¿Por qué no vienes tú también, mamá? —le pregunté—. La casa debe de ser grande, no hace falta que os veáis todo el tiempo. Para ti serían como unas vacaciones.

Me acarició el pelo, ladeándome el flequillo, en un gesto muchas veces repetido.

—Prefiero quedarme aquí.

Luego sonrió, con cansancio, o con tristeza, y añadió:

—Lo que quiero es que te pongas bien y que hagas caso a tu padre.

Sólo en el mismo instante de nuestra partida, cuando papá ya tenía en las manos las llaves del coche y el mapa de carreteras, mi madre dijo:

—Espero que me echéis un poquito de menos.

A lo que mi padre contestó con una de esas zalamerías tan suyas, tan insulsas, que siempre lograban su objetivo:

—Claro que sí, tontorrona. Cómo no te vamos a extrañar.

Me pareció que ella sonreía mientras cerraba la puerta de casa. Su sonrisa, licuada por las lágrimas de todos los días precedentes, se veía a través de la rendija que aún permanecía abierta mientras subíamos al ascensor, y se estrechaba, se estrechaba, se estrechaba hasta

DESAPARECER

por completo del mundo no es tan complicado. Sólo hay que encontrar el lugar adecuado. El pueblo en el que mi padre había alquilado una casa antigua, rústica y demasiado grande para nosotros dos era más bien una aldea: apenas dos docenas de edificios arracimados alrededor de una carretera secundaria, incluida la iglesia, el ayuntamiento, la oficina de correos y el supermercado. También había algo parecido a un bar, por cuyo patio deambulaban las vacas. Unos quinientos metros más allá, siguiendo un camino de tierra que era ruta habitual de las ovejas de la zona, estaba nuestra casa, rodeada de un huerto o un jardín que nadie cuidaba desde hacía años y que se había llenado de zarzas y yerbajos. Era una construcción de dos plantas. En la inferior, había un salón y una cocina bastante grandes, además de una despensa, un patio con lavadero, un gallinero

—sin gallinas—, un aseo rudimentario que en invierno debía de ser glacial y un antiguo granero que hacía las veces de cochera. En la planta superior, estaban las cinco habitaciones y el único cuarto de baño. La casa mantenía un ambiente de oscuridad y frescor que, imaginé, debía a sus anchos muros de piedra.

Elegí una de las habitaciones que daban al camino, la única cuya puerta tenía cerradura. Desde allí se veía, algo escondida entre la vegetación, parte de la casa vecina. El muro que cercaba el terreno, la verja de entrada y parte del jardín eran bien visibles con sólo asomarse un poco. Parecía más grande que la nuestra, aunque era difícil precisarlo: desde allí sólo podía ver una ventana y parte del muro que la contenía. Abrí la puerta de par en par y escuché el silencio. De no ser por alguna campana o algún ladrido lejanos, el crepitar de la vegetación seca azotada por el viento o los rumores apenas distinguibles, el silencio habría sido absoluto. Me senté en la cama —rústica, fuerte, alta— y observé el exterior. No había una sola nube en el cielo. No se oía el rugido de un solo motor. No olía a comida en la casa a pesar de que era la hora de comer. No había televisión. Todas aquellas ausencias juntas compusieron un mal presagio, el primero: me iba a aburrir mucho allí, iba a echar de menos mis cosas, las largas conversaciones con mamá y mis caminatas por un Madrid atestado de tráfico incluso en agosto. Allí estaba, en un lugar extraño, sentado sobre una cama distinta a todas en las que alguna vez había dormido, mirando el cielo azul y preguntándome totalmente desconcertado: «¿Y ahora qué?».

—¿Te gusta la casa? —interrumpió mi padre, asomando la cabeza por la puerta de mi habitación—, ¿a que es fantástica?

Comimos porque mamá había insistido en que nos lleváramos medio queso, algo de embutido y una barra de pan. La superficie de la mesa de la cocina era oscura y rugosa. El silencio era tal que podía escuchar el sonido que hacían las muelas de mi padre al aplastar el chorizo. Masticando el último bocado, Víctor se levantó y se marchó:

—Voy al pueblo, a hablar con esa cocinera y a comprar algo para el desayuno de mañana. Mientras tanto, puedes dormir una siesta.

No tengo costumbre de dormir siesta. Intenté ordenar mis cosas en aquel espacio. Coloqué mis camisetas en los cajones y dejé los libros sobre la mesa, junto a la ventana, al lado de la radio, que me gusta escuchar por las noches. Vi el coche rojo de mi padre alejarse por el camino de tierra. También escuché la voz ronca y potente de un perro, aunque no pude verlo, seguido de una voz de mujer mayor que pronunció una frase ininteligible para mí por aquel entonces:

—*Zajadí, bled!*

Nada parecía allí muy interesante. Tal vez aquél sería el lugar ideal para escribir, siempre y cuando se me ocurriera de qué y cómo comenzar. No es fácil cuando se es un absoluto principiante pero con ampulosos sueños de grandeza: en aquella época, yo tenía muy claro que quería ser uno de los escritores más importantes de mi generación. Sin embargo, no tenía ni la menor idea de qué hacer para conseguirlo.

Decidí que más tarde saldría en busca de una cabina telefónica. Aparté la colcha, me eché sobre las sábanas y, por primera vez, contravine mis costumbres.

Cuando me desperté, mi padre había logrado encontrar a nuestra cocinera, nuestra salvadora: se llamaba

AURORA

era una mujer menuda, rellena y de mejillas sonrosadas. Sabía hacer de todo: lo mismo desmontaba un enchufe que rebozaba un filete. Manejaba la escoba, el azadón, la aguja y hasta un ciclomotor en el que todos los días se desplazaba por la zona, de casa en casa. Era una mujer lista, trabajadora, de voz poderosa y más ocupada que un ministro. A Víctor no le fue fácil convencerla de que viniera todos los días.

—Dos hombres solos dan mucho trabajo —decía ella— y yo tengo poco tiempo. Cocino a diario para la señora Liudmila. La única solución, si ella no tiene inconveniente, sería echar en la cazuela un puñado más de lo que sea. Pero tendrá que ponerse de acuerdo con ella, porque yo no quiero pleitos.

—No es problema. Si me dice dónde puedo encontrar a esa señora voy yo mismo a hablarle del asunto —dijo Víctor.

La señora Luidmila: Liudmila Vasílievna Ratushínskaya. Era nuestra vecina, la propietaria de la gran casa que se adivinaba entre la vegetación al otro lado del camino. Pasaba en el pueblo los meses de primavera y verano, en compañía de una enfermera argentina llamada Mirta, que llevaba más de treinta años a su servicio, y de otra anciana llamada Nora, una especie de dama de compañía que trabajaba para ella desde la época de las cavernas. Durante las vacaciones de la enfermera, que solía tomar en los meses de julio y agosto, cuidaba de ella su única nieta.

Todo eso lo averiguó mi padre en su primera visita a la casa y me lo contó nada más llegar.

—La tal *Luzmila* debe de tener, por lo menos, noventa castañas. Es ciega, rusa y antipática. La casa también se cae de vieja. Lo único que vale la pena allí es la nieta. Está buena y no debe de ser mucho mayor que tú. Ya le he dicho que necesitas amigos. Se llama Irina.

No soportaba que Víctor se metiera en mis asuntos. Tenía una habilidad especial para dejarme siempre en ridículo.

—No me mires así, hijo. Comprende que no puedo dejarlo en tus manos. Deberías tener más arrojo con las mujeres.

Mi padre no estaba acostumbrado a que las mujeres fueran impermeables a sus encantos. Claro que su experiencia en nonagenarias ciegas no debía de ser muy extensa. Liudmila Vasílievna le recibió, con mucha ceremonia, en la biblioteca de su viejo caserío, escoltada por su nieta, que le servía de intérprete. No se sentó en ningún momento, ni le ofreció tomar asiento. Mucho menos le ofreció algo que beber. Es decir, dejó bien claro que tenía gran interés en mantener las distancias. Hizo que mi padre le repitiera un par de veces el motivo de su visita y la propuesta que Aurora le había hecho. Sólo después de un silencio, en el que la vieja parecía meditar para sí, le formuló aquella pregunta sorprendente:

—¿Y qué me ofrece a cambio?

La nieta parecía incómoda. Hubo un momento en que cambió con su abuela unas palabras en ruso. Parecía increparla, pero la vieja insistió con malos modos, elevando el tono de voz. Irina repitió la pregunta. Mi padre dudó:

—¿Se refiere a dinero?

—Supongo que sí —dijo Irina.

—Que no se preocupe por el dinero, seguro que llegaremos a un acuerdo.

Irina tradujo de nuevo, pero la abuela no daba muestras de estar muy satisfecha.

—Dice que tiene que pensarlo, que le daremos una respuesta lo antes posible —dijo la chica.

Aquella noche volvimos a cenar embutido, pan y queso. Una cena típica de hombres solos que no saben cocinar. Mi padre bromeaba acerca de la vieja Liudmila:

—Podría invitarla a cenar a un lugar romántico, pero con ella no creo que estas tretas dieran resultado —bromeaba.

Yo no tenía ganas de reír. Me sentía cansado. No intercambié con mi padre más de dos frases en toda la cena, y una de ellas, después de tomar mi medicación, fue «Hasta mañana». Le dije que me iba a mi cuarto, pero cambié de opinión y decidí salir a dar un paseo hasta la cabina telefónica. Dejé a Víctor estudiando a puerta cerrada con su violín, como siempre. La música y las mujeres eran las dos únicas pasiones en las que mi padre era capaz de ser metódico. Para todo lo demás era una verdadera calamidad.

La noche, a diferencia del día, estaba llena de grillos. Su canto era una buena compañía para los solitarios como yo. Me sigue gustando pasear solo. No tengo remedio.

Mi madre me preguntó desde dónde la llamaba y reviví para ella el paseo, los grillos, las estrellas y la soledad.

—Deberías escribir todo esto tan bonito que sientes, hijo. Tienes sensibilidad de escritor.

Mamá, como solía hacer, le quitó importancia a todo lo que estaba sucediendo. Dijo que aprovechaba nuestra ausencia para ordenar los armarios, que había pintado la puerta del trastero y estaba pensando en ir a la piscina todos los días.

—Así tu padre me encontrará un poco más delgada, que buena falta me hace.

Después de explicarle cómo era el pueblo, la casa y nuestra vecina rusa, insistí en mi petición: nada me hubiera hecho más feliz en aquellos días que escucharle decir que vendría con nosotros.

—Deja que tu padre piense todo lo que tenga que pensar sin entrometerte. Ya no eres ningún niño, Álex...

Elegía las palabras. Como si no quisiera hacerme daño. Sin embargo, me conturbó su sinceridad:

—No te voy a mentir. Es posible que tu padre y yo no nos repongamos de ésta. Eres mayor para entender que algunas personas pueden ser muy infelices al lado de otras. Esta vez no depende de mí.

No la dejé continuar. No tenía ganas de asumir la resignación de mi madre. Preferí hacer oídos sordos y seguir insistiendo en que debía venir con nosotros. Utilicé un quejido lastimero que ella no quiso atender.

—Es que me aburro —dije.

—Escribe, hijo. Aprovecha esta oportunidad. A saber cuántos habrá por ahí que empezaron a escribir porque se aburrían, y cuántas grandes obras deben de ser fruto de un aburrimiento tan superlativo como el tuyo.

Me convenció ella a mí y no al revés, como siempre. De regreso, me detuve un segundo frente a nuestra casa: se oía, tenue, el sonido del violín de Víctor. Debía de ser una pieza nueva, porque no me sonaba de nada. Al otro lado del camino, todo permanecía en silencio. El tiempo parecía detenido por completo. Si hubiera sabido sobre qué escribir, aquella noche hubiese empezado a ser escritor.

Pero no, para que yo me convirtiera en escritor faltaba aún una persona. No iba a tardar en aparecer. Me faltaba

IRINA

—Buenos días. ¿Te importa si te llamo Sasha? Es Alejandro, en ruso.

Mi padre tenía razón. Era muy guapa. Calculé que debía de tener unos dieciocho años. Me equivoqué: tenía veinte, pero no los aparentaba.

Me acababa de levantar. Iba descalzo, en pijama —uno viejo, de Mortadelo y Filemón, que me quedaba pequeño— y casi no podía abrir los ojos. Por la mañana, necesito un rato para mentalizarme de que debo incorporarme al mundo. Generalmente, es el rato que empleo en prepararme un tazón de leche con chocolate y tomármelo.

Irina estaba sentada a la mesa de la cocina. Tenía delante una taza de café con leche y unos bizcochos. No entendí qué hacía en nuestra casa.

—¿Sasha? —repetí—. Bueno.

—Encantada, Sasha, soy Irina —se levantó, me besó en las mejillas y regresó a la mesa, todo muy rápido.

Lo de mi nombre me daba lo mismo. El mío nunca me gustó, como le sucede a mucha gente. Lo que de verdad me importaba era estar frente a ella en pijama de Mortadelo y Filemón. Creo que se dio cuenta:

—Me gusta tu pijama —dijo, con picardía. Y añadió—: Tienes nombre de zar, pero tu porte deja mucho que desear.

Después de un rato de husmear en los armarios, conseguí dar con el cartón de leche y el bote de cacao. Me senté frente a Irina con mi tazón lleno y ninguna gana de hablar.

—Dice tu padre que quieres ser escritor. ¿Tienes algo tuyo que pueda leer? —dijo.

No me apetecía en absoluto contar mis intimidades a una persona que se siente tan parlanchina a las diez de la mañana. Y menos aún, ampliar la información que le hubiera dado mi padre, que por aquellos días estaba tan orgulloso de mi vocación artística que la iba proclamando a los cuatro vientos.

—¿Dónde está? —pregunté.

—¿Quién?

—Mi padre.

—En el patio de atrás.

—¿Qué hace allí?

—Creo que ha ido a recoger la basura.

—¿Te ha dejado aquí sola?

—No estoy sola. Estoy contigo —rio.

—Ah, ya se ha levantado el rey de la casa —dijo mi padre, entrando en la cocina cargado con un par de bolsas grises—. Ya era hora.

Dejó la carga junto al fregadero, se lavó las manos, se sirvió un café con leche y se sentó junto a Irina.

—Pensaba que no lograría salir vivo de ese patio. Estaba invadido por las malas yerbas. Creo que no lo han limpiado en la vida.

Me incomodaba estar allí. Me sentía de más. Bebí de un trago la leche y utilicé una excusa para desparecer:

—Voy a darme una ducha.

Tampoco tenía ganas de ducharme. Me senté en la cama y me quedé escuchando. Estaba intrigado por saber qué estaba haciendo allí la vecina. Mi padre no tardaría en explicármelo: estaba avergonzada por el comportamiento de su abuela, que con los años se volvía cada vez más avara y huraña. A la vieja le preocupaba el incremento del consumo de gas que supondría que Aurora cocinara para las dos casas. Temía, además, que nuestro menú alterara sus rígidas costumbres gastronómicas. Irina la justificó:

—No se ha dado cuenta de que ya no está en Rusia y a veces resulta muy impertinente.

No tardó en marcharse. Dijo que su abuela la llamaría de un momento a otro y que se pondría hecha una furia si no la encontraba. Volvió a disculparse por el mal carácter de Liudmila Vasílievna, escuché a mi padre decir que tenían una conversación pendiente sobre música, a continuación la risa de ella, su adiós breve y sus pasos por el porche sembrado de yerbas secas. No había llegado al camino cuando se volvió de pronto y me vio en la ventana. Intenté esconderme. Fue una reacción instintiva y ridícula: al verme descubierto, me aparté. La oí reír mientras se acercaba.

—He notado tu mirada aquí, en la nuca —gritó, desde donde los matojos le permitían detenerse—. ¿Nunca te ha pasado? No se puede explicar, pero se nota cuando alguien te mira.

Creo que todo el mundo lo ha experimentado alguna vez. En cambio, yo nunca había estado tan avergonzado como aquel día. Sentí mis mejillas enrojecer, y una sensación infantil de ridículo que me paralizó más aún.

—Oye… Eso de que me gustaría leer algo tuyo —aclaró— iba en serio. Nunca he conocido a un escritor tan joven como tú.

—No tengo nada —dije.

Y era la pura verdad.

—¿Un escritor que no escribe? Interesante. De ésos he conocido varios —se encogió de hombros—. Bueno, cuando tengas algo, ya sabes.

Se dio media vuelta y la vi alejarse en dirección al camino. Por un momento me sentí aliviado. Sin embargo, no tardó ni cinco segundos en darse la vuelta de nuevo para decir:

—Mientras tanto, podemos ser amigos, ¿no te parece?

Me bloqueé. Todo lo que logré decir fue:

—¿Por qué?

—Vaya… —contestó ella, perpleja—. ¿Necesitas motivos para tener amigos? Será porque tienes más que yo, desde luego. Bueno, Alejandro, estaré por aquí. Haz lo que quieras.

Esta vez no volvió a mirar atrás. Lo entendí. Yo tampoco lo hubiera hecho por un idiota como yo. Le quedaban muy bien los vaqueros. Eso es lo que pensaba mientras la veía marcharse. Que ella era una chica preciosa y yo

UN GILIPOLLAS

lo es tenga la edad que tenga. Puede ser un hombre maduro, casi en la crisis de los cincuenta, muy preocupado por comprobar si aún es capaz de interesar a todas las mujeres, como mi padre. O puede ser también un chaval en ese momento fatal de la vida en que sientes como un hombre pero aún metes la pata como un niño. La adolescencia es una edad odiosa. Durante ese período, las chicas están preciosas pero insufribles. Los chicos están insufribles y además desgarbados, llenos de granos y hechos un lío. No puedo comprender a quienes sostienen que la primera juventud es el mejor momento de la vida. A mí me parece el más dramático.

Aquel verano de mi enfermedad, yo estaba en ese momento, que atraviesa todo adolescente varón, en que me preocupaba mucho demostrar mi solvencia frente a los adultos en general y frente a mi padre en particular. En la adolescencia hay dos modos de tomar posiciones ante ese ignoto mundo adulto: la primera consiste en reproducirlo.

Ser exactamente como ellos, tus mayores: imitarles, igualarles, copiarles. La segunda, en cambio, te lleva a desear con todas tus fuerzas ser distinto en todo. Yo me encontraba en esta segunda postura. Por eso me irritaba cada vez que alguien exclamaba, con sólo verme:

—Eres igual que tu padre.

Fue la frase que pronunció Aurora nada más conocerme. Como tantos otros, por cierto.

—Sólo por fuera, no se deje engañar —respondí yo.

Sin embargo, estoy precipitando un poco las cosas. Todavía habían de tener lugar un par de situaciones importantes antes de que llegara Aurora. Lo primero, yo tenía que disculparme con Irina. Decirle que me había comportado como un gilipollas y demostrarle que no lo era.

No dejé pasar mucho tiempo. El mismo día de nuestro primer encuentro, por la tarde, y vestido de un modo más apropiado que la primera vez, fui a buscarla a casa de Liudmila Vasílievna. Abrió la puerta una mujer con tantas arrugas en el rostro que me pareció una momia. Preguntó cómo me llamaba y si «la señorita Irina» me estaba esperando. Le dije que no. Me invitó a sentarme en un sillón de la entrada y desapareció tras una gran puerta de cristales esmerilados. Se escuchaba, amortiguada, la voz de Irina. La presencia de la mujer arrugada interrumpió algo y de inmediato escuché otra voz muy distinta. Oxidada, seca. Adiviné que sería la de la abuela. Al momento, la mujer arrugada me anunciaba que podía pasar a la sala.

La «sala» era una estancia muy espaciosa y con chimenea. En un sofá junto al ventanal se sentaba Liudmila Vasílievna: moño blanco, falda negra hasta los pies, arrugadas manos entrelazadas sobre el regazo, una cruz de oro al cuello, dentadura mellada con alguna pieza de oro y pupilas blancas de niebla. Si a su lado no hubiera estado Irina, me hubiera dado miedo.

—Buenas tardes —saludé.

Irina sostenía un grueso libro, que cerró nada más verme. A continuación, dijo algo a su abuela que a la vieja no le sentó demasiado bien. O eso me pareció, porque fruncía el ceño y parecía amonestar a su nieta. Dos palabras más de Irina y Liudmila se llevó la mano a la falda, apenas por encima de su rodilla, y manipuló algo. Una pequeña pieza de metal. Sólo cuando me fijé un poco más me di cuenta de que era un imperdible. La tela de la falda de la abuela cubría en parte las rodillas de Irina. El imperdible parecía sujetar la falda de la vieja a la ropa de la joven.

Yo no sabía muy bien qué se esperaba de mí o cómo debía comportarme. La mujer arrugada me miraba como preguntándose lo mismo que yo. Liudmila Vasílievna no había experimentado ningún tipo de reacción ante mi llegada, ni siquiera me había saludado. Sólo Irina me miraba fijamente, con ojos inquietos. En cuanto la abuela abrió el imperdible, Irina dejó el libro sobre el sofá y me dijo algo incomprensible:

—Lo tengo en la biblioteca. Acompáñame.

—Buenas tardes —repetí yo, sintiéndome muy ridículo, al abandonar la habitación.

Esta vez, la vieja murmuró algo entre dientes. La otra nos seguía de cerca. Creo que lo hacía por pura curiosidad y que no hubiera dejado de seguirnos de no ser por Irina, quien dijo, con mucha claridad:

—Yo acompañaré a Alejandro a la puerta, Nora. No se moleste.

Nada más entrar en la biblioteca, Irina me regañó:
—¿Cómo se te ocurre venir así? Mi abuela es un ogro, ya te lo dije.
—¿Te sujeta a su falda? —pregunté, lleno de curiosidad.
Hizo un gesto despreocupado.
—Son tonterías suyas. Ya estoy acostumbrada.
Irina hablaba en voz baja:
—No le he dicho que eres el vecino. Ya la tengo casi convencida. Díselo a tu padre. Le he contado que te prometí un libro. Veamos…
Se volvió hacia el anaquel que quedaba más cerca de donde estaba, rozando con un índice extendido los lomos de los libros. Sólo entonces reparé en la biblioteca. Todas las paredes forradas de volúmenes, miles de ellos. Junto a la puerta, un atril de pie sobre el que descansaba un tomo grande, encuadernado en piel, de pastas gastadas y letras plateadas en el lomo. Pensé que estaría ahí esperando a ser devuelto a su lugar. En el centro de la estancia, una mesa de cuya superficie los papeles y libros apilados no dejaban ver ni un centímetro, una lámpara y un sillón de orejas. Nunca había pisado un lugar como aquél.
—¿Son tuyos todos estos libros? —pregunté.
—Eran de mi abuelo Dmitri. Qué tonta. Éstos no te sirven.
Descartó el anaquel que estaba mirando y se desplazó a otro.
—¿Por qué no? —quise saber.
—Porque están en ruso. Y, que yo sepa, tú no lees ruso, Sasha, ¿verdad?
—No —murmuré—, ¿tú sí?
—Claro —contestó—. Tengo que darme prisa o mi abuela se cabreará de verdad.

—No hace falta que me dejes ningún libro. Me voy y no pasa nada.

—Nora estará vigilándote. Tienes que llevarte uno para que ella pueda informar a mi abuela puntualmente.

—¿Tu abuela siempre es así?

—No. Hoy está de buen humor. A veces es mucho peor.

—¿Y cómo lo soportas?

—Otro día te lo cuento, ¿vale? —De entre las filas y filas de títulos, rescató uno—: Toma, llévate éste. Es perfecto para ti. ¿Tienes hermanos?

—No.

—Da igual, toma. —Puso el libro entre mis manos, con una sonrisa, y añadió—: Verás lo malas que podemos llegar a ser las mujeres.

Salimos de la biblioteca a toda prisa. Casi en la puerta, susurré lo que había venido a decirle:

—Te quería pedir disculpas por lo de esta mañana. Mi padre me pone nervioso. Me comporté como un...

—Mañana voy a tu casa y hablamos, ¿de acuerdo? Ahora no puedo. Pero acepto tus disculpas. Vete, corre.

Así fue como, en menos de diez minutos, entré y salí de la casa y la vida de Liudmila Vasílievna tan impresionado que necesité varias horas para asimilar todo lo que había ocurrido allí, incluida la menguada Nora espiando mi marcha desde detrás de los visillos, tal y como había predicho Irina. Tantas cosas había que asimilar que no reparé en el libro que me había prestado hasta que llegué a mi dormitorio. Era un volumen de tapas malva, no muy grueso. En la cubierta se leía: Iván Turguéniev, *Padres e hijos*. Nada sabía del autor. Sólo aquella frase que había pronunciado Irina. De modo que empecé a leerlo, muy intrigado, para averiguar lo malas que pueden llegar a ser

LAS MUJERES

son volubles y complicadas. Eso fue lo que aprendí aquella noche, leyendo la novela que me había prestado Irina. En mi imaginación, Katia, uno de los personajes, tenía el rostro de mi vecina rusa, y la madre de Bazarov, el protagonista, era igual que Liudmila Vasílievna. También me gustó el ambiente de la vieja nobleza rusa que viaja en berlina desde San Petersburgo a su finca campestre para pasar el verano: me parecía todo tan increíble, tan irreal. La lectura me atrapó de tal manera que no pude echarme a dormir hasta después de terminar el libro. En una de las pausas para ir al baño, reparé en que había una presencia en el jardín de la casa vecina. Pensé que ni la vieja anciana rusa ni su sirvienta menguada debían de estar despiertas a las tres de la madrugada, así que sólo podía ser Irina quien andaba por allí a esas horas. Apagué la luz de mi habitación y permanecí atento, espiando entre la oscuridad.

No estaba sola. Había un chico a su lado, bastante más alto que ella. Hablaban en voz tan baja que era imposible entender sus palabras. Las habría oído de no haber sido por el violín de mi padre, que seguía sonando en la planta baja. Estudiar hasta altas horas era una de sus aficiones favoritas en aquella época. De pronto, ellos se levantaron y el violín enmudeció. Caminaron despacio bajo los árboles, hasta la verja de entrada, y allí se detuvieron a hablar unos minutos. Vi con claridad como él la besaba en los labios. Les miraba hipnotizado de incredulidad. O de celos, porque ése era exactamente el sentimiento que en aquel momento no supe identificar. Justo entonces se abrió la puerta de nuestra casa y la silueta de mi padre se recortó en el rectángulo de luz sobre la tierra de la entrada. Víctor salía, dispuesto a cumplir con su ritual diario de fumarse el último pitillo al aire libre antes de acostarse. La pareja se separó nada más verle.

—Qué inoportuno soy, lo siento —se disculpó Víctor.

—Ya me iba —respondió el chico, besando, esta vez con más rapidez, los labios de Irina.

—Debería irme yo, que soy el tercero en discordia —bromeó mi padre.

—En serio, ya me iba —insistió el otro.

La sombra alta y delgada cruzó la verja, saludó con la mano a los dos y montó en una motocicleta que le esperaba justo a la entrada, en el camino de tierra, en la cual yo no había reparado. Ya con el casco puesto y el faro encendido volvió a saludar, antes de que su resplandor como de luciérnaga se perdiera en la espesura de la noche.

—Lo siento —se disculpó Víctor de nuevo, con ese gesto avergonzado que sabe fingir tan bien cuando más le conviene.

—No pasa nada —susurró Irina—, ya tenía ganas de que se fuera.

—¿Ah, sí? Vaya. ¿Y puedo preguntar por qué?

Yo también sentía curiosidad por saberlo.

—No sé por qué —rio ella— pero siempre que viene tengo ganas de que se vaya.

Víctor rio. Yo también, desde mi escondrijo.

—¿Es tu novio? —preguntó.

—Él cree que sí.

—Pues yo me atrevería a augurarle a tu lado un futuro más bien corto.

—Lo más gracioso es que se ha ido nada más verte. Igual le has asustado —rio ella.

Víctor impostó un poco la voz para responder:

—Cuando conozca a un hombre que no ceda ante mí, cambiaré de opinión sobre mí mismo.

No era la primera vez que le escuchaba decir esa frase. De hecho, era una de sus favoritas. Lo peor fue que Irina pareció tomarle en serio. Por lo menos, mucho más en serio de lo que yo hubiera deseado.

—¿Quieres entrar y te preparo algo de beber? Tenemos una conversación pendiente. De violines, si no recuerdo mal —dijo entonces él.

—Es muy tarde. Mejor en otro momento.

Se oyeron ladridos en la casa vecina.

—Es *Raskólnikov,* mi perro. Está en mi cuarto. Siempre duerme conmigo.

«Hay perros con suerte», pensé, y casi como un eco escuché a mi padre decir:

—Desde luego, hay perros afortunados.

Irina no supo qué responder al cumplido, se puso un poco nerviosa y acortó la despedida. Anduvo los pasos que la separaban de la puerta de la casa seguida por la mirada atenta de mi padre desde nuestro porche. A mi vez, yo les miraba a ambos y por primera vez empezaba a comprender. Comprender que me estaba enamorando. Comprender que Irina no se fijaría en mí. Comprender que aquélla era una historia condenada a un final trágico desde antes de empezar.

Cuando regresé a la novela de Turguéniev, me pareció que entendía un poco mejor a los personajes de la historia. Algo en su estado de ánimo les emparentaba conmigo. En la última página, topé con un retrato de su autor. No le esperaba; encontrarle de pronto al volver la página fue como chocar con él al doblar la esquina. Me llamaron la atención sus ojos, pequeños pero profundos, y su pelo blanco y desordenado, que le llenaba la cabeza y la cara. Me dije que me gustaría saber quién diantre fue este

IVÁN SERGUÉIEVICH TURGUÉNIEV

fue, en sus tiempos, el más famoso escritor ruso fuera de Rusia. Vivió muchos años en Francia, donde sus obras eran traducidas y reconocidas. También fue un desastre con las mujeres, un solterón, un hombre sin demasiado carácter. Tuvo varias amantes. Llegó incluso a tener una hija con una de las costureras de su madre. Sin embargo, la historia que singularizó su existencia fue otra, y es digna de ser recordada.

En el año 1843, una compañía de ópera llegó a San Petersburgo tras triunfar en Berlín. Turguéniev acudió a ver una representación de *El barbero de Sevilla* y quedó completamente enamorado de la cantante protagonista: «Desde el momento en que la vi por primera vez el destino fijó que yo debía pertenecerle», escribió poco después. Se llamaba Paulina y tenía 22 años. Turguéniev empezó a merodear alrededor de su camerino, al finalizar el espectáculo.

Logró que alguien les presentara. Se hizo un habitual de las representaciones. Sus ovaciones y gritos desde el palco al terminar cada una de ellas se hicieron molestas para el resto del público. Empezó a visitar a la cantante a diario, llevando cada día una flor diferente. Alguien debió de contarle quién era su pretendiente, además de un noble ruso de sólo 25 años, aficionado a la caza y de más de un metro noventa de estatura: uno de los escritores más aclamados de su tiempo.

Paulina García Siches era hija de un tenor sevillano emigrado a París, pertenecía a una familia de reputados artistas líricos, y se casó con un empresario y hombre de letras francés veinte años mayor que ella, llamado Louis Viardot. Por eso era conocida por el nombre de casada, Paulina Viardot. También la cantante debió de enamorarse de Iván, aunque tuvo mucho cuidado de que, fueran los que fueran sus sentimientos, no quedara ninguna constancia de ellos: al final de su vida destruyó todas las cartas que le había escrito y nunca permitió que se publicaran muchas de las que él le envió a lo largo de sus 43 años de relación. Una relación, por cierto, que fue mucho más que una amistad: Turguéniev llegó a convertirse casi en un miembro más de la familia Viardot, les acompañó en sus viajes, o se trasladó con ellos cuando decidieron cambiar de país. Incluso llegó a vivir largas temporadas en casa del matrimonio. Louis Viardot no veía al ruso con malos ojos: incluso le apreciaba. Practicaban juntos algunas aficiones, como la caza. También él formó parte de esta relación que se alargó hasta el mismo lecho de muerte del escritor, cuando dejó a Paulina como heredera de todos sus bienes.

Turguéniev amó a Paulina toda su vida, aunque nadie sabe si en realidad fue correspondido ni de qué forma. En sus últimos días, lamentaba su soledad en algunas de sus cartas. Por cierto, hablando de cartas, un detalle que siempre me ha impresionado: la actividad epistolar de Turguéniev fue intensísima. Cada mañana dedicaba un par de horas a responder su correspondencia. Sus biógrafos han encontrado siete mil cartas de su puño y letra, y no descartan que haya más, que no han aparecido todavía. Las cartas encontradas hasta hoy, publicadas en sus obras completas, ocupan trece gruesos volúmenes. Una cifra nada despreciable, desde luego. Somos muchos quienes tenemos que agradecerle que escribiera tanto, y no sólo cartas: todos aquellos que empezamos a leer literatura rusa en sus novelas.

Iván Turguéniev murió en Francia, sólo cinco meses después que Louis Viardot. Dos días antes hablaba de ataúdes que él veía por todas partes y recitaba versos en ruso. Junto a él, en su lecho de muerte, estaba Paulina. Turguéniev recobró la consciencia pocos segundos para decirle:

—Ha llegado el momento de despedirme como los zares rusos. ¡Cuánto bien me ha hecho usted, Paulina!

Sus biógrafos han escrito muchas veces acerca de dos «coincidencias» que sucedieron al mismo tiempo que su muerte: todos los retratos de sus antepasados, colgados en el pasillo principal de su finca, en Rusia, se desplomaron al mismo tiempo al fallar la cuerda que los sujetaba. En ese instante también se secó una avenida de abetos que el mismo escritor había ordenado plantar en sus propiedades algunos años

de cuarenta y ocho horas, Liudmila Vasílievna acabó por ceder. Víctor le ofreció una cantidad al mes «por las molestias» y, tres días después de nuestra llegada al pueblo, por fin pudimos probar nuestro primer plato de comida casera. Aurora era una magnífica cocinera. No había receta que se le resistiera, y su repertorio era amplísimo. Si repetimos menú en los días de nuestra estancia en el pueblo fue sólo porque estábamos deseando degustar de nuevo algunos de sus platos, y se lo pedimos como favor especial que nos fue concedido, no sin antes consultar a la omnipresente Liudmila. La propia Aurora se encargaba de traernos todos los días nuestras raciones para el almuerzo y la cena: exactamente lo mismo que se comía en la casa vecina, cuidadosamente depositadas en ollas, cazuelas, botes, tarteras, ensaladeras o cualquier otro recipiente apropiado para la ocasión. Por la mañana, después de lavarlos, yo me encargaba de devolver los cacharros vacíos a su propietaria. Me ofrecí voluntario para esta tarea porque facilitaba el tráfico de libros y era también una excusa perfecta para ver a Irina.

El primer día comparecí con una cazuela de barro y la novela de Iván Turguéniev. Me abrió Aurora, ya entregada a sus potajes y sus gazpachos, enarbolando en la mano derecha una cuchara de palo de buen tamaño. Me informó de que la anciana y Nora habían salido y que Irina estaba trabajando en la biblioteca, y me preguntó si me apetecía probar el potaje de alubias. Me bastó con olerlo desde el pasillo para dejarla satisfecha:

—No hace falta, Aurora. Huele que alimenta.

Irina había corrido las cortinas de la biblioteca. Un par de mechones de pelo se balanceaban frente a sus ojos, atentos al libro que estaba abierto sobre la mesa.

—Aprovecho los ratos en que mi abuela sale para traducir un poco.

Eché un vistazo al volumen: estaba escrito en alfabeto cirílico, el que utiliza la lengua rusa.

—¿Eres traductora? —pregunté.

—De momento, éste es mi primer trabajo más o menos serio. Espero tener muchos más antes de terminar la carrera.

—¿Y qué traduces?

—Una novela. De Serguéi Dovlátov. Nadie conoce al autor y ya está muerto, ¿qué te parece? Por cierto, ni siquiera me has contado lo que escribes tú.

Me quedé en silencio. Ni siquiera tenía preparada una respuesta para hacerme el interesante. Tuve que contentarme con la verdad:

—Por ahora, poca cosa. No me concentro.

—Tal vez es que te falta algo. ¿Tienes un cuaderno?

Mi silencio debió darle pistas acerca de mi desconcierto. No tenía ni la menor idea de lo que me estaba hablando.

—¿No sabes que lo primero que necesita un escritor es un cuaderno? Espera un momento —se levantó, caminó con mucha seguridad hacia un mueble auxiliar que estaba junto a la ventana, tomó algo y regresó con ello entre las manos—. Toma: aquí tienes tu primer cuaderno de escritor. Ahora tienes la obligación de llenarlo.

Era grueso y forrado de tela. Nunca había visto ninguno tan bonito.

Irina tenía razón: no se busca un cuaderno porque uno cree que es escritor, sino que se es escritor porque se tiene un cuaderno. Desde el momento en que existe esa posibilidad de llenar con garabatos las páginas blancas, uno empieza a ser el escritor que acaso llegue a ser en el futuro. Fue hermoso descubrir eso.

Al novio de Irina volví a verle una vez más, esta vez a plena luz del día, un par de mañanas después. Salía de la casa taciturno. Me saludó con un murmullo, miró con extrañeza la olla que yo transportaba y diez segundos después se alejaba en su motocicleta dejando una estela de polvo a su paso. Irina también parecía triste. Estaba enfrascada en su traducción y al verme aparecer con mi olla y mi libro de cada día, levantó la cabeza.

—Eres el alumno más aplicado que tendré nunca —dijo—, ¿te ha gustado?

Le devolvía *Pnin*, de Vladimir Nabokov. La noche anterior, me reí tanto leyéndolo que mi padre tuvo que subir a mi cuarto para comprobar que no sufría ninguna locura transitoria.

Irina esbozó una sonrisa tímida.

—*Volodia* Nabokov era único en su especie —opinó Irina—. Tendré que volver a leerlo también, a ver si me animo un poco. ¿Te ha gustado lo que dice de los profesores de la cátedra de francés?

—Es el capítulo que más me ha gustado —dije—. Y más desde que me contaste que él mismo fue profesor en una universidad.

—Reírse de uno mismo es un ejercicio sano.

Me senté frente a ella y traté de escrutar el fondo de sus ojos grises. Ojos de tristeza perpetua y de un gris irrepetible.

—¿Qué te ocurre? —pregunté.

Quiso apartar mis inquietudes con un ademán de su mano.

—No importa —dijo.

—Irina, no sé si es buen momento para decirte algo.

Me miró fijamente. Mi pulso se aceleraba. No poder controlar mis reacciones me ponía nervioso. Había llegado el momento de algo importante, lo presentí de pronto. El primero de esos momentos a lo largo de mi vida.

—Desde hace un par de días pienso en ti a todas horas —proseguí.

Se tapó la cara con las manos. Temí que fuera a echarse a llorar. Temí haber metido la pata. La torpeza es mucho más evidente cuando va unida a la falta de experiencia. Enmudecí. Eso le dio cierta ventaja. Lo dijo casi en un murmullo, como implorando:

—Por favor, Sashuk, no te enamores de mí. Por favor.

Me pareció que sus ojos brillaban con mayor intensidad.

¿A quién se le ocurriría algo que decir después de una petición como ésa? ¿Y a quién, sino a mí, se le habría ocurrido tener una conversación semejante con una olla en el regazo?

Me levanté, dejé la olla en la cocina, entré al cuarto de baño, me refresqué la cara con agua fría y contemplé durante veinte segundos mi expresión de idiota reflejada en el espejo. A continuación salí, me detuve en la puerta de la biblioteca, meditando si entrar de nuevo, si decir algo más a Irina, si despedirme como siempre o si dejarlo todo como estaba. Pasé de largo, abrí el portón que daba al jardín y sólo entonces, con pesar, me di cuenta de que aquella noche no tendría nada que

LEER

es como recorrer una casa con muchas habitaciones. Unas llevan a las otras y ésas a algunas más lejanas, pero todas están comunicadas entre sí. Leer es aprender a recorrer esa casa enorme, a no extraviarse en ella, a saber en qué habitaciones nos gustaría permanecer largo rato, en cuáles no queremos entrar o de cuáles haremos nuestra propia casa durante una temporada.

Pasé un par de noches sin nada que leer. Las empleé en intentar escribir, pero ninguna de las historias que se me ocurrían me parecía lo suficientemente buena para estrenar con ella mi cuaderno. Miraba alelado las páginas de papel grueso, blanco y suave, y no hallaba nada digno que escribir en ellas.

Los dos días que pasé sin ver a Irina fueron muy aburridos. Al tercero, logré desoír la voz de mi orgullo y le pregunté por ella a Aurora al mismo tiempo que le entregaba una bandeja de acero inoxidable.

—Hoy no está —dijo—, pero ha dejado un libro para ti.

Me entregó un ejemplar voluminoso, de tapas color vainilla sin plastificar. *Poesía completa*, Alexander Pushkin, se leía en letras rojas. Entre la cubierta y la primera página, una postal en la que se veían las aguas tranquilas de un río transparente y caudaloso frente a una cúpula de oro. En el reverso, un par de nombres desconocidos: *Canal Kriukov* y *Catedral de San Nicolás,* y algo más abajo, la letra redonda de Irina: «No quiero dejar escapar tu amistad, Sasha».

Mi padre tampoco estaba en casa. Pushkin me aburrió un poco, sobre todo al principio. Pensé que era cosa de mi estado de ánimo y hacia media tarde salí a dar un paseo. Tenía ganas de hablar con mamá. La encontré más animada que la última vez.

—¿Tomas la medicación? —me preguntó.

—Sí, pesada. ¿Y tú? ¿Vas a la piscina?

—Cada tarde. Dice Laura que estoy hecha una Esther Williams.

—¿Una qué?

—Déjalo, hijo. ¿Escribes mucho?

—Nada, pero tengo buenos propósitos. Por ahora, leo autores rusos.

—¿Cómo es eso?

No quise hablarle de Irina, supongo que por motivos muy parecidos a los que le impidieron a ella preguntarme por Víctor. Tampoco yo quise saber si mi padre la había llamado algún día. Tal vez porque ya conocía la respuesta.

Víctor llegó muy risueño sólo un rato antes de la hora de comer. Aurora hacía ya rato que se había ido, dejando sobre la mesa de la cocina una gran fuente con ensalada de arroz. Yo estaba tumbado en la cama, con la ventana abierta de par en par, disfrutando de un largo poema en el cual la estatua de un jinete de bronce perseguía por una ciudad inundada a un pobre hombre que buscaba desesperado a su novia.

—Mmmm, qué bueno —opinó mi padre al apartar un poco el papel de aluminio que cubría la fuente de la ensalada—. Esta mujer es un lujo.

En la cocina se amontonaban los platos sucios del día anterior. Le recordé a mi padre que le tocaba recogerlos.

—Sí, hijo, no olvido mis responsabilidades. Lo haré después.

Le escuché cacharrear un poco. No tenía ganas de bajar a comer, prefería terminar de leer la historia de la estatua y el fugitivo. De pronto, escuché a mi padre salir de nuevo y recorrer a toda prisa la distancia que le separaba de casa de Irina. Escuché ladrar a *Raskólnikov* con toda su rabia y, a continuación, las exclamaciones de mi padre y la voz de ella calmando al animal. Luego, risas, apenas una palabra de despedida o disculpa y los pasos de vuelta de Víctor, que nada más cruzar la puerta anunció:

—A comer, Alejandro.

Bajé de mala gana y degluti mi plato de ensalada de arroz como lo hubiera hecho un autómata o un famélico.

—¿Te vas sintiendo un poco mejor? —preguntaba mi padre de vez en cuando.

—Puede que sí. ¿Y a ti? ¿Se te aclaran las ideas?

Me miró por encima de un horizonte de arroz que estaba en ese momento a medio camino de su boca.

—¿A qué viene ahora esa pregunta?

—Me interesa saberlo.

—¿Has hablado con tu madre?

—Sí, pero no soy ningún espía del enemigo, tranquilo.

—Tengo que llamarla —dijo—, ¿cómo está?

—Se ha apuntado a la piscina.

—Ah, mira, eso está bien.

Luego se hizo un silencio incómodo, tan espeso que casi nos impedía respirar con normalidad. Víctor lo notó, igual que yo, y se levantó a ponerle remedio. Chaikovski fue nuestra solución. Le escuchamos, con el mismo embeleso de otras veces, durante un buen rato. Hasta que él dijo más o menos lo de siempre:

—Domina la orquestación como nadie —murmuró. Y añadió—: Termínatelo todo.

Se levantó y puso agua a hervir. Era un movimiento repetido a diario durante la sobremesa. Sólo que aquel día echó agua para dos tazas.

—Va a venir Irina —anunció—, quiere ver la casa.

No contesté. No sabía cómo hacerlo para no delatarme. Mis pulsaciones se habían disparado de nuevo.

—Te ha prestado algunos libros, ¿verdad? —dijo.

Asentí.

—Yo que tú le preguntaría cosas sobre literatura. Es toda una experta. ¿Sabías que trabaja para un par de editoriales? Podrías darle tu novela, el día en que la termines. Igual te echaba una mano.

—El día en que la empiece, querrás decir.

Víctor no escuchó estas palabras. Recogía la mesa con mucha diligencia: echaba los desperdicios a la basura y amontonaba los platos en la pila. Mientras tanto, yo me devanaba los sesos intentando encontrar una manera de preguntarle, sin ponerme en evidencia, qué se traía entre manos con ella. En éstas, oímos tres golpecitos sobre la madera de la puerta de atrás.

—¿Se puede? —preguntó Irina.

Mi padre la invitó a pasar y le cedió su lugar en el banco rinconero.

—Siéntate aquí mientras recojo los cacharros —dijo, poniendo frente a ella una taza de té humeante.

—Mi abuela se ha dormido. Por fin.

No se me pasó por alto que Irina me miró un par de veces, de ese modo fugaz en que lo hacen los que no se atreven a mirarte fijamente a los ojos.

—Te ayudo —dijo ella, sin vacilación.

Se levantó de nuevo y tomó posiciones frente a la pila. Antes de zambullir las manos en el agua con jabón, se quitó el anillo que llevaba en el anular de la mano derecha —era de oro, con una turquesa— y lo dejó en la repisa de la ventana.

Mi padre se acercó por la espalda y le ofreció un delantal.

—Pónmelo tú, por favor —dijo ella.

Antes de que terminara la escena, yo ya había subido la escalera hacia el aislamiento de mi cuarto. Pero ni siquiera allí logré apartarla de mi cabeza: Irina con las manos en alto, junto a la pila, arqueando su cuerpo precioso para ceder paso a las manazas de mi padre, que se acercaban a sus caderas sin ningún disimulo, con la excusa perfecta y aun con permiso de su propietaria, que estaba a punto de convertirse, si no lo era ya, en el último capricho, el último desliz, la última metedura de pata de

VÍCTOR

habría sido un excelente tema literario, si me hubiera atrevido a escribir sobre él entonces. Irina me lo hizo ver:

—De las relaciones más difíciles surgen grandes obras. Fíjate en Dostoyevski. Odiaba a su padre. Escribe con las tripas y acertarás —me aconsejó.

Sin embargo, no había llegado aún el momento de hablar de Víctor. Por ahora, sólo ardía en deseos de hablar de Irina, pero las palabras no me bastaban: no servían para expresar mis sentimientos. Hay ciertas emociones que no están en el diccionario, ése es uno de los descubrimientos más terribles que experimenta un escritor a lo largo de su vida. El resto se le va en encontrar una manera de expresarlas de todos modos. Es una lucha perdida, pero es la única que importa.

El interés de Irina por la casa era legítimo: la había mandado construir su abuelo al mismo tiempo que la otra, y luego se la había vendido a gente del pueblo. Después de tomar el té, Víctor empezó la visita guiada.

—Tantos años aquí, y no había entrado nunca —decía ella, recorriendo las habitaciones.

Les oí bajar al sótano, salir al patio y luego subir la escalera. Al llegar a mi cuarto, mi padre abrió la puerta sin contemplaciones.

—He aquí al genio trabajando —se burló.

Irina fue más prudente que él:

—Perdona, Sasha, no te queremos molestar. —Y antes de cerrar la puerta, la oí susurrar, en voz tan baja que puede que ni mi padre la oyera—: Tengo que contarte una historia sobre Pushkin que te encantará.

Recorrieron las habitaciones y volvieron a bajar entre un crujido de maderas rancias. Escuché tintinear de tazas —«¿Te apetece otro?»—, chirriar de puertas —la del sótano, que se atascaba un poco— y los quejidos agudos del violín de mi padre, preparándose para impresionarla —«Nunca lo hago, pero alguien como tú bien merece una excepción», estaría diciendo—. No me resultó difícil imaginar la escena que se estaba desarrollando abajo: mi padre frente a su atril, con su porte de vencedor de todas las batallas. Irina a unos pocos metros, sentada en una de las butacas con las piernas cruzadas, espectadora única de una función que no tenía más finalidad que impresionarla, y que se iba a convertir en uno de los momentos más especiales de su vida, el instante en que el reconocido violinista Víctor Ramírez tocó sólo para ella. Incluso me hubiera atrevido a hacer apuestas acerca de qué pieza iba a escoger él para ese lucimiento interesado. Desde luego, si me lo hubieran preguntado hubiera dicho Bach, el preludio de la *Partita n.º 3*, una de las piezas favoritas de Víctor, una de las que tocaba con más frecuencia. Y habría acertado. No me causó ninguna sorpresa escuchar sus primeros acordes, tan limpios, tan ligeros, tan bien tocados como siempre. Comprendí a Irina mucho mejor de lo que ella hubiera imaginado. La comprendí y en el acto sentí compasión por nosotros. Por ella, para quien la música sonaba, tal vez para siempre, y también por mí, que a cada nota me sentía más lejos, más ajeno a aquel sueño imposible. Mientras tanto, había alcanzado el final de mi lectura y los tres últimos versos me habían retenido sin explicación. Los leía una y otra vez, como atrapado en su trampa. Todavía los recuerdo:

En el umbral hallaron a mi loco
y allí mismo a su gélido cadáver
por caridad le dieron sepultura.

Tampoco el fugitivo de aquella historia había conseguido retener a su chica.

No salí de la habitación en toda la tarde. Y no lo habría hecho si no me hubiera estado muriendo de hambre. Aurora nos había dejado pescado con patatas para la cena, pero yo me preparé un bocadillo. Víctor estaba arriba, en el cuarto de baño, seguramente entregado a una de sus interminables sesiones de afeitado. Seguramente, aquella noche se disponía a salir.

Apareció por la cocina cuando yo me estaba aprovisionando de algo que beber. No quería tener que bajar otra vez, así que me llevé tres latas. De cerveza negra.

—Veo que no me esperas para cenar, hijo —dijo.

—Tengo hambre.

—¿No crees que ésa es mucha cerveza para ti solo?

No contesté. Se puso en mitad de mi camino.

—¿Se puede saber qué te pasa?

—Nada.

Intenté rodear el obstáculo. Inútil: el obstáculo se desplazó a un lado.

—No me lo creo. Dime qué te pasa —insistió.

Única solución posible: tratar de decir al obstáculo algo convincente.

—¿No piensas llamar a mamá ningún día?

El obstáculo se quedó momentáneamente desconcertado.

—¿Eso es? —preguntó—. ¿Que no llamo a tu madre?

—¿Te parece poco?

De nuevo traté de rodearle. Esta vez, con éxito.

—¿Y tú qué sabes si la llamo o no? —preguntó de nuevo.

—Porque yo sí lo hago —contesté, ya subiendo la escalera con mis provisiones.

Fue la primera noche rara. Víctor no cenó en casa. No hubo grillos que alejaran el silencio. Me quedé dormido con el libro en las manos y los vaqueros puestos. Me despertó la tormenta, ya de madrugada. Parecía que los rayos caían muy cerca y los truenos eran ensordecedores. O tal vez era mi dolor de cabeza que los multiplicaba. El coche de mi padre estaba parado en mitad del camino, con el motor en marcha y las luces apagadas. No me paré a averiguar qué hacía allí, en una noche como aquélla. La verdad, su vida no me interesaba lo más mínimo. Aseguré las contraventanas, sequé el agua del suelo con una toalla y volví a la cama, tan ajeno al mundo como no lo había estado

JAMÁS

pensó Dmitri Ivánovich Andresko que su vida daría tantas vueltas. Desde su Besarabia natal, una zona rural que hoy pertenece a Rumanía, hasta una pequeña aldea de la provincia de Soria, en España. Muchos quilómetros y muchas experiencias como para ser contadas en unas pocas líneas. Cuando Dmitri huyó en el año 1904, Besarabia era una más de las provincias rusas, regida por las mismas leyes que el resto del Imperio. Gobernaba el zar Alejandro III, el penúltimo de la dinastía Romanov, y la vieja Rusia estaba ya convulsionada por los aires de cambio que en pocos años habrían de transformar mucho las cosas. Sin embargo, el emperador acababa de declarar la guerra a Japón, y los jóvenes eran reclutados para luchar. Dmitri escapó para no tener que ir a la guerra. Buscó primero refugio junto a su familia, que vivía en un pueblito de la desembocadura del río Dniéper, junto al mar Negro.

Era una antigua familia judía, apellidada Waller. Como muchos otros judíos de la zona, una de las más prósperas del país, tuvieron que huir poco tiempo después. Dmitri empezó entonces un largo viaje que habría de durar muchos años. En alguna frontera consiguió un pasaporte con un nuevo apellido: Andresko. Llamarse así tenía algunas ventajas en los tiempos revueltos que corrían: su nuevo apellido parecía italiano, ucraniano, rumano o incluso vasco, según exigiera el guión. Con él, y gracias a su ingenio, llegó a Suiza, y también a Alemania y a Francia, donde conoció a la que sería su esposa: una joven de la buena sociedad de San Petersburgo, llamada Liudmila Vasílievna Ratushínskaya.

Liudmila Vasílielvna era hija del director de un museo y de una pianista que había sido discípula del Rachmáninov. La familia vivía en la capital durante los meses de invierno y pasaba el verano en su casa del campo, no muy lejos de la ciudad. Como muchas chicas de la alta sociedad rusa, Liudmila había estudiado música y su madre deseaba que en el futuro fuera concertista o profesora de piano. Sin embargo, también las cosas se precipitaron para ellos. Liudmila tenía sólo quince años cuando los disturbios empezaron en San Petersburgo. La Revolución que habría de cambiar radicalmente la historia rusa empezaba a anunciarse. Sólo unos años más tarde, los zares serían asesinados y la aristocracia, privada de todos sus privilegios. Los padres de Liudmila, previsores, decidieron mandar a su hija al extranjero. También a ellos, en su última huida, les esperaba un final trágico.

En París, Liudmila vivió durante algunos años con una tía de su padre y llevó la vida de señorita de buena familia que había conocido siempre: acudía a bailes, tomaba lecciones de solfeo y piano, salía de paseo y se recogía temprano todas las noches. Siempre sin dejar de prestar atención a las terribles noticias que llegaban de Rusia.

En un baile ofrecido por unos amigos de su tía conoció a Dmitri. Él era uno de los músicos que habían contratado los anfitriones para amenizar la velada. Tocaba la balalaica. Dmitri hacía ese tipo de trabajos para ganar algún dinero con el que sobrevivir. También sabía cantar, bailar, hacer malabarismos y en ocasiones se ofrecía como cochero o mozo de cuadra. Cuando terminó el baile, y mientras recogía los instrumentos junto a sus compañeros, se encontró con Liudmila cara a cara en uno de los pasillos. Ella buscaba la salida, un tanto desorientada. Nada más verla, Dmitri supo que no estaba dispuesto a dejarla escapar. Se quitó el sombrero y se presentó, con mucho respeto, como correspondía:

—Dmitri Ivánovich Andresko, de Besarabia. A sus pies.

—¿Es usted ruso? —preguntó ella, mientras su semblante se iluminaba.

—Desertor.

—¿Revolucionario?

—Sólo de corazón.

Liudmila le observó con detenimiento. Entre las cualidades de Dmitri estaba, desde siempre, su notable atractivo físico. Ella adoraba a los hombres guapos, aunque nunca se había atrevido a decírselo a nadie. Del mismo modo que tampoco se había atrevido a pronunciar nunca las siguientes palabras:

—No siento antipatía hacia los revolucionarios. Guárdeme el secreto.

Dmitri no necesitó más para enamorarse de ella. Era preciosa, elegante, tenía inteligencia y un atrevimiento que no era común en las jóvenes aristócratas rusas de su edad. Además, miraba directamente a los ojos, con arrojo.

—Me gustaría que aceptara un regalo —le dijo, sin pensar.

—¿Por qué motivo? —preguntó ella.

—Porque quiero volver a verla.

—No sé si será posible. Estoy bajo la tutela de mi tía, que es muy estricta. Seguro que ahora mismo me está buscando.

—No tengo prisa. La esperaré. No hay ninguna tía eterna.

Ella sonrió, amagando una carcajada.

—¿De qué regalo se trata? —preguntó.

Dmitri sacó del bolsillo de su casaca un anillo de oro con una turquesa.

—No es una joya cualquiera —dijo—. Es un talismán. Quien me lo vendió me aseguró que fue de gente muy importante.

—¿Un talismán? —preguntó Liudmila—. ¿Y qué poder tiene?

—Se lo diré la próxima vez que la vea.

—¿Y si no nos vemos nunca más?

—Me moriré de la tristeza.

Dmitri depositó el anillo en el anular de Liudmila Vasílievna Ratushínskaya sabiendo que no tardaría en volver a verla.

Sólo cuando ella logró quedarse a solas en su habitación y observar el anillo con detenimiento, se percató de la inscripción grabada en su interior: *Te volam per omne aevum*. Una frase en latín que significaba «Te amaré por toda la eternidad».

Aquella misma noche, llegó a oídos de Liudmila la noticia de la terrible suerte que habían corrido sus padres al huir de su casa en el campo. Un grupo de hombres armados les sorprendió en un camino solitario. Los mataron a todos: al señor de la casa, Vasili Ratushinsky, a su esposa, a su hijo de pocos años —un hermano a quien Liudmila no conocía y ya no conocería jamás—, a la doncella y hasta a los dos cocheros.

Durante las semanas de dolor que siguieron a esta noticia, Liudmila no logró apartar de su cabeza el recuerdo del músico que le había regalado el anillo. Llegó a pensar que la joya estaba hechizada, lo mismo que ella, atrapada sin salida en un sentimiento que habría de perdurar aún mucho tiempo

DESPUÉS

de Pushkin me apetecía leer algo más ligero. Le pedí a Irina una novela. No le hice ningún comentario acerca de la noche anterior, ni le di a entender nada de lo que había visto. Tampoco le hablé más de mis sentimientos. Procuré comportarme como si fuera otra persona, alguien indiferente a todo lo que estaba ocurriendo. Aquella mañana, el cielo lucía despejado después de la tormenta de la madrugada anterior y el ambiente era muy fresco. Me llevé la chaqueta al salir de casa. Me recibió la propia Irina y me acompañó a la biblioteca. *Raskólnikov* estaba con ella, y cuando me vio trató de impedirme la entrada. Era negro, de pelo corto y sedoso, y sus colmillos causaban la impresión que se esperaba de ellos. Éste fue el único encuentro físico que tuve con el perrazo de la casa.

—Tranquilo, *Raskólnikov.* Sashuk es amigo. Tranquilo.

Irina acariciaba al perro mientras me daba la mano, supongo que con la idea de tranquilizarnos a los dos. Sus manos estaban calientes. Las mías, heladas. El perro parecía resignarse poco a poco a que no tenía permiso para devorarme.

—Tiene un nombre muy complicado —dije—. No me lo aprenderé nunca.

—Verás cómo sí.

Rescató un volumen de los anaqueles. *Crimen y castigo*, de Fiodor Dostoyevski. Tapa dura, sobrecubierta verde.

—Es uno de mis favoritos. Aunque hoy tenía otro preparado para ti.

El otro era *Doctor Zhivago*, de Borís Pasternak. Una edición en rústica, de cubiertas negras con guardas rojas, muy bonita.

—Si me dejas, me llevo los dos —le propuse.

Irina hizo un gesto de complacencia mientras volvía a su mesa de trabajo.

—¿Cómo va tu traducción? —pregunté.

—Encallada. Estos días tengo poco tiempo.

«Hay demasiadas cosas encalladas últimamente», pensé.

Justo cuando salí regresaban de su paseo Liudmila Vasílievna y su fiel acompañante. Al parecer, el tiempo estaba demasiado fresco y habían salido con poca ropa de abrigo. Me dio la impresión de que la abuela de Irina caminaba muy despacio, y que jadeaba un poco, como si estuviera muy fatigada. Salí dando un pequeño rodeo, pegándome al muro de la casa y más tarde a la verja, para no tropezar con ellas cara a cara. No estaba preparado para un encuentro de ese tipo, no hubiera sabido qué decir y seguramente hubiera hecho el ridículo.

Decidí retirarme del mundo en compañía de mis libros. Entré en la cocina y bebí un vaso de agua del grifo. Era fresca y clara. Un agua como no había probado en mi vida. Sólo entonces reparé en el anillo olvidado sobre la repisa de la ventana. Un aro de oro con una piedra azul, una turquesa. Recordé a Irina en su gesto de la tarde anterior, a mi padre en la maniobra del delantal, y evoqué con todo detalle las sensaciones que me habían llevado a aislarme en mi cuarto. Ahora había tomado una determinación: sabía que esa reclusión voluntaria, casi monástica, con mis libros y mi cuaderno, era todo lo que había venido a hacer a ese lugar. De algún modo, comprendí que estaba allí para convertirme en escritor. Todo lo demás, ocurriera lo que ocurriera, no era asunto de mi incumbencia.

Aurora llegó con el almuerzo tan puntual como de costumbre.

—Hola, Alejandro —saludó, entrando con absoluta familiaridad—. Voy a meter esto en el frigorífico, no vaya a ser que se estropee.

Cargaba con un par de fuentes cubiertas con papel de aluminio.

—Ensaladilla para almorzar. Y para cenar, pastel de atún —anunció, mientras hacía un hueco para sus creaciones entre el caos que reinaba en la nevera.

Lo logró por fin, con algún trabajo. Se volvió hacia mí con cierto aire triunfal y me riñó por lo de la noche anterior:

—Pero que no pase como anoche, que ni aquí ni allí cenó nadie. El bicho de Irina se ha puesto morado esta mañana, de tantas patatas con pescado.

Fue entonces cuando vio los libros sobre la mesa:

—Anda, mira, *Doctor Zhivago* —exclamó, tomando la novela de Pasternak—, qué gorda es.

—¿La ha leído? —pregunté.

—No —rio, nerviosa, como si le hubiera formulado una pregunta difícil—. No es eso. Hoy no tengo tiempo, pero otro día te contaré una vez que salí en una película.

—¿Una película?

—¡Y de las de Hollywood, eh, no cualquier cosa!

Había despertado mi curiosidad. La gente esconde muchas sorpresas y a mí las buenas historias siempre me han fascinado. Sin embargo, Aurora se hizo de rogar.

—Mañana te la cuento, chaval, lo prometo. Hoy me está esperando mi hijo para ir a un recado.

En cuanto desapareció, rescaté la joya de Irina del fondo de mi bolsillo. La estudié con detenimiento. Leí la inscripción interior: *Te volam per omne aevum.* No supe qué significaba. Me serví un plato de ensaladilla, cogí un par de naranjadas de la nevera, un flan, una botella de agua, cubiertos, servilletas de papel, una bolsa de pipas y los libros que me había prestado Irina. En fin, todo lo necesario para no salir de mi habitación hasta el día siguiente. Por vez primera desde que llegamos a la casa, cerré la puerta con llave.

En ningún momento Víctor subió a molestar. Como si yo no existiera.

Dudé un poco antes de decantarme por uno de los dos libros. Estudié las cubiertas devorando ensaladilla. Por fin, pudieron más las palabras de Aurora y abrí

DOCTOR ZHIVAGO

es una historia que sucede en Moscú y en algunos lugares remotos más allá de los montes Urales durante y después de la Revolución. Es una de esas novelas rusas en las que hace mucho frío, que siempre deberían leerse en los calurosos meses de agosto, para combatir el calor. Su autor, Borís Pasternak, fue premio Nobel de Literatura. Sin embargo, el gobierno de su país vio en este premio una provocación y le amenazó con expulsarle del país si no renunciaba a él, además de someterle a unas condiciones de vida muy duras. Y todo porque la más conocida de sus obras, *Doctor Zhivago*, hablaba de la manera de pensar y la visión del mundo de unos hombres y mujeres que se opusieron al régimen comunista, y que ya habían emigrado o muerto. Durante muchos años, Pasternak no pudo publicar y se vio obligado a malvivir de su trabajo como traductor. Sólo tras la muerte del dictador Stalin, responsable de la política del terror que había reinado en Rusia durante los últimos años, pudo finalizar su historia más ambiciosa. Pero no logró publicarla en Rusia, lo cual no impidió que viera la luz en el extranjero —en Italia— y que de inmediato numerosos países se interesaran por ella. El interés llegó a Hollywood poco tiempo después. David Lean, uno de los directores más reconocidos de los años cincuenta y sesenta, decidió en 1965 llevarla a la gran pantalla. Su autor, por cierto, había muerto ya, en 1960, a los 70 años de edad, sólo dos años más tarde de que le fuera concedido el premio Nobel.

En aquellos años, rodar en los escenarios de la novela era impensable. El gobierno de la Unión de Repúblicas Socialistas Soviéticas no lo hubiera permitido. De modo que el director de fotografía de la película, John Box, empezó a buscar localizaciones por toda Europa. Pensó primero en Finlandia, pero pronto reparó en el inconveniente de realizar un rodaje a temperaturas bajo cero. Alguien de confianza le habló de España. Era el mes de septiembre. Se anunciaba un invierno riguroso, de nevadas frecuentes, y el equipo de Lean no lo pensó dos veces: eligieron Soria para rodar las escenas que transcurrían en la estepa siberiana. Construyeron ocho quilómetros de vías. Utilizaron viejas locomotoras para simular los trenes rusos de los años veinte. Disfrazaron de estaciones rusas algunas estaciones castellanas. Y necesitaron, claro está, centenares, miles de extras. Mucha gente de la zona se ofreció voluntaria. También Aurora, nuestra cocinera.

—Yo creo que les caí en gracia porque tengo nombre de acorazado de guerra —bromeaba la mujer—. El caso es que en la película se me ve muy bien varias veces. En la manifestación, en el tren, en la estación y no sé si en alguna otra parte. La tenemos en vídeo, si un día quieres verla. Es tan bonita.

»Hubo un problema que los cineastas estadounidenses no habían previsto: aquel invierno no nevó en Soria. Al contrario, fue uno de los más benignos que se recordaban en muchos años. El rodaje se retrasaba en espera de las primeras nieves, que no llegaban. Finalmente, se decidió buscar una solución y se cubrió la estepa soriana con polvo de mármol. Toneladas de polvo de mármol. Como los escenarios naturales eran muy grandes, se utilizaron plásticos blancos para simular la nieve en la lejanía.

»John Box y su equipo seguían esperando que llegaran las nevadas mientras se iba acercando el momento de rodar algunas de las últimas escenas. Transcurrían en una mansión helada en mitad de un páramo. Allí se encontraban Zhivago y su adorada Lara, la mujer a la que había querido durante toda su vida. El guion exigía que hubiera carámbanos en las ventanas y nieve en el suelo. Desesperado, Box encontró una solución de emergencia: derritió cera blanca. Quilos y quilos de cera blanca fueron derramados sobre el decorado, y luego cubiertos con agua helada. Lo mismo para la nieve del exterior. Funcionó. Se consiguió el efecto deseado y se pudo terminar de rodar. El retraso supuso un martirio para los actores, abrigados como si realmente estuvieran en mitad de los paisajes de Siberia, con pieles, gorros y manguitos, bajo los treinta y cinco grados de finales de un mes de junio en Castilla.

»Mucho tiempo después, la casa seguía allí, fantasmagórica y cubierta de hielo imaginario. En verano, era habitual ver jugar en ella a algunos de los chiquillos que venían a veranear. Era una distracción estupenda. Nuestros niños la preferían en invierno, tal vez por lo que les habíamos contado de aquella vez que salimos en una película, que hacía que la sintieran un poco suya. Hasta que se cayó de vieja, la mansión del doctor Zhivago recibió visitas constantes y fue el escenario de muchas infancias de por aquí.

»Al estreno de la película de Hollywood acudió todo el pueblo. Y eso que tuvimos que ir a Madrid, porque aquí no la echaban, y encima esperar casi un año y medio desde que terminamos de rodar. Nosotros no íbamos a ver a Julie Christie, que estaba estupenda, tan rubia y tan elegante, ni a Omar Shariff, que de joven no era nada guapo ni me parecía nada interesante; ahora, de viejo, es distinto. Nosotros íbamos a vernos a nosotros mismos, a buscar a los vecinos y a los hijos de los vecinos, a ver qué tal habíamos salido, todos vestidos de obreros rusos, y a recordar el acontecimiento, porque como aquél no habrá otro en este rincón del mundo, de eso puedes estar no hay nada. Sólo nuestra capacidad para equivocarnos. O, por lo menos, la mía.

No sé por qué hablé a mi madre de Irina. De los libros y de sus deseos de ayudarme a ser escritor.

—¿Y no hay nada más? Te refieres a ella con mucho entusiasmo.

—Es inteligente. Y muy guapa.

—¿Es muy grave, hijo?

—¿El qué?

—Tu enamoramiento.

—Mamá…

No se le puede ocultar nada. Es demasiado perspicaz. O yo era transparente hasta el extremo de lo patético, no lo sé, nunca pensé en ello.

—Dime sólo una cosa. ¿Ella te corresponde?

—A ella le gusta otra persona.

—Bien. Entonces tendrás que luchar un poco —dijo mamá, que de eso no sabía nada, muy segura.

—¿Y si tengo la guerra perdida de antemano?

—Entonces eres más cobarde de lo que yo creía. Puede que ella lo piense también. ¿Te interesa de verdad?

—Sí.

—Pues, entonces, demuéstraselo. A las mujeres nos encanta el esfuerzo de los hombres. Esfuérzate.

—No es tan fácil.

—Claro. Nunca nada de lo que nos sucede es fácil. Fácil es lo que les sucede a los demás.

Tal vez tenía razón. Me hice un propósito algo ingenuo: me esforzaría. De la única manera en que podía competir. De la única manera en que me veía capaz de hacerlo: escribiendo.

Antes de colgar pregunté a mamá si ella también luchaba por Víctor. Seguía sin hablarme de él. Hizo una pausa de varios segundos.

—Es distinto, hijo. Lo mío es distinto. El otro también debe poner algo de su parte.

Aquella tarde escribí por primera vez. Dos páginas completas. Casi sin ningún punto, como si las frases fluyeran con mis pensamientos, mi corazón o mi rabia. No levanté la mirada del papel. Entonces no sabía que a veces sucede: las palabras se hilvanan solas, discurren, manan sin saber de dónde, apenas hace falta pensar. Surgen. Aparecen. Debe de ser eso que algunos llaman inspiración. Yo nunca he creído en ella. Sin embargo, aquella tarde escribir resultó algo natural, algo que formaba parte de mí. Cuando terminé, me sentía mucho mejor, como un corredor al finalizar una carrera para la que lleva muchos años preparándose. La única lástima era que no iba a poder enseñar a Irina el fruto de aquel primer impulso creativo: sólo había escrito sobre ella. Sobre ella y también sobre Víctor.

Cuando le devolví el libro de Pasternak me atreví a contárselo:

—He empezado a escribir.

Me pareció que su alegría era sincera.

—Magnífico —dijo—, ¿y a qué esperas para dejármelo leer?

—No creo que te lo deje leer. Es muy personal.

—¿No habrás empezado un diario? Eso tiene poco futuro.

—No, pero hablo de mi padre y no quiero que sepas lo que opino de él. Creo que no estaríamos de acuerdo.

Me estaba metiendo en la boca del lobo y lo sabía. En cierto modo, precisamente por eso continuaba adelante.

—Tu padre es un tipo muy interesante —opinó.

—Ya. El problema es que más de una piensa como tú. Si le preguntaran a mi madre, opinaría algo diferente.

Me comporté como un chiquillo, lo sé. En mi descarga diré que ésos eran los únicos métodos que se me ocurrieron entonces para luchar por ella.

—Eso a mí no me incumbe, Sasha. Hay muchas parejas con problemas —dijo.

—Pero no hay muchos hombres casados que tengan una aventura cada seis meses.

Me di cuenta de que mis palabras la herían. Más de lo que había previsto. Un brillo en sus ojos más intenso de lo normal, un ligero temblor en las manos, una actitud menos controlada de lo que en ella era habitual.

—Todo eso me da igual. No sé por qué me lo estás contando.

—Para que puedas juzgarle —añadí.

—No lo entiendes. A mí no me interesa juzgar a tu padre. Ni a nadie. Tienes mucha suerte de tenerle cerca.

Bajó la cabeza y se concentró en Dovlátov, el autor al que seguía traduciendo. Me sentí terriblemente fuera de lugar. *Raskólnikov* acompañó con ladridos mis pasos por el jardín. Llegaba a mi habitación cuando vi a mi padre entrar en la casa vecina. El perro se acercó a él meneando el rabo, le olisqueó, se sentó. Víctor extrajo algo de sus bolsillos, una galleta, una chuchería, lo que fuera, y se lo dio. El animal lo devoró sin dejar de mover el rabo. Luego le lamió la mano, en busca de migajas.

Se acercaba una tormenta. Me aparté de la ventana, abrí mi cuaderno, cerré la puerta con llave. Sobre el escritorio, tan mudo y tan ajeno al mundo como yo, aguardaba aquel pequeño tesoro que Irina no había reclamado aún:

EL ANILLO

que Dmitri Ivánovich Andresko regaló en el pasillo de una casa señorial francesa a Liudmila Vasílievna Ratushínskaya tenía una historia fabulosa que en aquel momento ninguno de los dos imaginaba.

Podemos considerar que la leyenda del anillo se inicia con Elisa Vorontsova, una preciosa mujer polaca que fue la esposa del gobernador de Odesa, una de las más ricas capitales portuarias rusas. Por los retratos que se conservan de ella podemos sospechar su bondad y su nobleza. Su belleza no hace falta imaginarla: está a la vista. Corría el año 1824, el mismo de la inundación de San Petersburgo. La ciudad tenía una actividad cultural efervescente, cosmopolita. Alexander Pushkin, el poeta de moda del Imperio ruso, acababa de llegar a ella. Por aquel entonces, estaba más o menos enemistado con el zar Nicolás I, contra quien escribió en más de una ocasión. Pushkin también tenía una merecida fama de donjuán y vividor. Su estancia en Odesa fue breve pero intensa. Bebió, perdió fortunas en el juego y vivió apasionados romances con todo tipo de mujeres: de siervas a señoras casadas, de prostitutas a aristócratas. La más importante de todas fue Elisa Vorontsova, quien hasta la muerte habría de recordar al joven poeta como el amor de su vida.

Elisa había comprado a un rabino aquel precioso anillo con una turquesa. Debió de ser el rabino quien le habló a Elisa por vez primera de las cualidades únicas de la joya:

—Este talismán lleva oculta una extraordinaria energía. Quien lo lleve no conocerá la traición, ni el engaño, ni el olvido. Este anillo libra del mal amor. Nunca lo pierdas. Nunca lo vendas por dinero. Confíalo sólo a quien lo merezca.

Nunca preguntó Elisa quién había mandado grabar en el interior de la alhaja aquella inscripción: *Te volam per omne aevum,* «Te amaré por toda la eternidad».

El 29 de julio de 1824, Pushkin pasó su última noche en Odesa. Por órdenes del zar Nicolás I, debía marchar al exilio a la mañana siguiente. Tal vez fue en aquella última noche cuando Elisa Vorontsova le regaló el anillo. Más tarde, Pushkin dedicó un poema al momento en que la mujer, dándose la vuelta en la cama y mostrándole su preciosa espalda desnuda, tomó de la mesilla la joya y se la regaló, formulando la misma petición que a ella le había hecho el rabino.

Pushkin llevó consigo la joya mientras vivió. Nunca más volvió a ver a Elisa. Siete años después de aquella última noche en Odesa se casó con Natalia Goncharova, una chica de la alta sociedad de San Pertersburgo que tenía entonces sólo 19 años. Pushkin había cumplido 31. Natalia era caprichosa. Pushkin lo sabía pese a estar muy enamorado de ella, y en más de una ocasión temió que aquel matrimonio le llevara a la ruina. En cierto modo, así fue. Natalia tuvo cuatro hijos con el escritor. Mientras tanto, coqueteó con un buscavidas francés que había aterrizado en la capital rusa en busca de fortuna. Se llamaba Georges Dantés, tenía fama de pendenciero y no dudó en cortejar a Natalia a la vista de todos, llegando a ridiculizar a Pushkin como nadie lo había hecho. En ese tiempo, este tipo de afrentas tenían una única solución: Pushkin retó a Dantés a un duelo a pistola.

La fecha escogida para el enfrentamiento fue el 27 de enero, a las cinco de la tarde. Era el año 1837. El lugar escogido estaba cubierto de nieve: hubo que retirarla para que los contendientes pudieran dar los veinte pasos que mandaban las normas. Al llegar a una marca establecida de antemano, ambos debían disparar contra el rival. Dantés disparó antes. Pushkin también disparó, pero demasiado tarde: estaba gravemente herido en el vientre. Su amigo Yukovski, testigo del enfrentamiento, le llevó a casa y le asistió hasta que murió, dos días después, a las tres de la tarde, después de susurrar, muy bajito:

—La vida se ha terminado.

También le dio instrucciones respecto al anillo. Fue Yukovski quien recibió el encargo de custodiarlo mientras viviera. También le dijo Pushkin lo que debía hacer cuando sintiera que sus días en el mundo se acababan:

—Prométeme que lo harás llegar a alguien que me aprecie y me valore de veras.

Iván Turguéniev tenía dieciocho años cuando murió Pushkin. Sin embargo, para él había de ser, muchos años después, aquel anillo de oro con una turquesa, que libraba del mal amor. Lo recibió tarde, apenas diez años antes de morir, y lo valoró doblemente: como talismán de poderes únicos y como algo que había pertenecido a un hombre cuyo talento admiraba por encima de todo. Cuando se sintió morir, sólo se lo podía entregar a una persona, presente en toda su vida, también en aquellos momentos últimos: su amada Paulina Viardot. Y ésta se lo legó a su hija mayor, quien lo confió a un museo. El anillo estuvo expuesto en una muestra celebrada en honor de Pushkin, y de ahí debió de pasar a una exposición estable que se montó en el edificio de la residencia de Tsárskoie Seló, cerca de San Petersburgo, donde Pushkin había estudiado. En 1912, la Academia organizó una exposición con muebles y objetos personales de Turguéniev, y acaso el anillo estuvo allí. Un destino errante que duró unos pocos años. En 1917, unas manos desconocidas lo robaron de la vitrina en que se encontraba. Unos pocos periódicos se hicieron breve eco de la noticia. A partir de ahí se le perdió la pista.

No fue hasta algo después que llegó a la familia de Irina. Dmitri Ivánovich Andresko se lo cambió a un oficial ruso por un queso y una botella de vino español. Dmitri nunca explicó dónde sucedió esa permuta, ni quién era el oficial. Lo consideró un golpe de suerte, y lo guardó como un tesoro que podía salvarle la vida si era necesario. Unas pocas semanas más tarde, el anillo lucía en el anular de Liudmila Vasílievna Ratushínskaya, quien no podía apartar de sus pensamientos al músico que se lo había entregado. Sólo varios años después, gracias a la afición de Dmitri por la lectura, pudo saber que su anillo, aquel que le entregó el oficial, era el mismo del que Pushkin había hablado en sus versos, el mismo que Elisa Vorotsova le regaló a su amante y que luego pasó de mano en mano, como un milagro, hasta llegar a él.

Una madrugada, poco después de recibir el anillo, Liudmila Vasílievna despertó en casa de su tía, en Francia, con un deseo muy parecido al del gran Tólstoi en sus últimos días:

—Escapar. Tenemos que escapar.

Escribió una carta para su tía, hizo un equipaje de cosas imprescindibles y salió a las frías calles de París, donde Dmitri Ivánovich la estaba esperando sin ninguna certeza. Le acompañaban dos de sus compañeros en la orquestina. No esperaron más: los dos jóvenes se casaron por el rito ortodoxo antes de que saliera el sol, sin más testigos que los exigidos por la ley. Más tarde partieron por caminos poco seguros hacia un destino aún desconocido pero en el cual, intuían, serían bien recibidos: España. Nunca más supieron de sus respectivas familias. En su país de acogida no les costó encontrar quien pronto les tuvo un gran aprecio, quien admiró su valentía y su arrojo. Dmitri chapurreaba algo de español, pero se esforzó por aprender el idioma, y lo consiguió en un tiempo récord. Su primer trabajo fue en el campo. El segundo, como tejedor de alfombras. Con el tiempo, pudo aspirar a mejores cosas. Le fue bien. Era trabajador y, sobre todo, tenaz.

Tuvieron cuatro hijos, dos varones y dos hembras, y media docena de nietos. Todos llevaron a Rusia en la sangre. Algunos regresaron a sus orígenes. Y los que no lo hicieron, como Irina, soñaban con hacerlo algún día.

Cuando Irina cumplió dieciocho años, su abuela Liudmila le entregó el anillo. El anillo de Pushkin, de Turguéniev, de Paulina, de los revolucionarios y de los oficiales del ejército ruso. El anillo viajero de los mil dueños, de las mil manos, el tesoro que libra del mal amor. Todo eso estaba en aquella joya, pero para Irina significaba más aún. Significaba la vieja Rusia, un pedacito de su país, que un desertor, que sería su abuelo, le había regalado a una preciosa niña de buena familia llamada

LIUDMILA VASÍLIEVNA

murió mientras dormía la primera madrugada del mes de agosto. Cuando fue a despertarla, extrañada porque tardaba en levantarse, Nora advirtió que estaba muerta. La mujer se llevó tal conmoción que necesitó asistencia médica.

La propia Irina vino a darnos la noticia. O tal vez sería más exacto decir que se la dio a Víctor.

—Pasa y tómate una infusión —le ofreció—, puedo prepararte una tila.

—No estoy nerviosa. Tengo mucho que hacer, pero volveré más tarde.

Durante toda la mañana, la casa vecina conoció un tránsito de gente inusitado. Tras el doctor acudió el alcalde, la dueña de la tienda de ultramarinos, la farmacéutica, los empleados de la funeraria y algunos entrometidos que sólo deseaban ver la finca y husmear un poco. También llegó alguien de la embajada, un antiguo amigo de la familia, y no sé quién de una compañía de seguros. Iban a llevarse a la muerta a Rusia, porque ése había sido su último deseo: descansar al lado de su esposo en un cementerio de San Petersburgo. Resuelto todo el papeleo, Irina acompañaría el féretro, y regresaría un par de días después del entierro.

—Aquí también habrá asuntos urgentes que atender —dijo.

Encargó a mi padre que alimentara a *Raskólnikov* y que supervisara el estado de salud de Nora, que se quedaba sola en la casa. Tuvo incluso un recuerdo para mis lecturas y mis progresos como escritor:

—Cuando vuelva quiero leer algo tuyo, Sashénka. Ahora que tenéis las llaves, puedes servirte tú mismo en la biblioteca.

Así fue cómo Irina desapareció de nuestras vidas durante setenta y dos horas.

Víctor no alteró demasiado sus costumbres. Sólo se volvió más hogareño. Regresó a sus ensayos nocturnos con el violín hasta altas horas. La gran novedad fue que por fin se acordó de telefonear a mamá. Ninguno de los dos me contó nada de esa conversación. No debió de ir demasiado bien, a juzgar por cómo se desarrollaron las cosas después.

Por mi parte, yo había hecho de la escritura mi principal obsesión. Me había propuesto escribir todos los días por lo menos dos páginas completas en el cuaderno, y logré cumplirlo. Descubrí que la tristeza es una buena fuente de inspiración. Desde entonces, no he dejado de utilizarla como material literario de primer orden. También descubrí que echaba de menos a Irina. No la había visto demasiado en los últimos días, era cierto, pero su presencia en mi vida cotidiana era más importante de lo que había imaginado. No sólo porque se había investido en guía de mis primeros pasos como escritor, también porque disfrutaba con algo mucho más simple: verla todas las mañanas, sentir su olor, escuchar su voz y comprobar la manera que tenía de mover las manos o de sonreír tapándose la boca.

Aquella noche tuve que cenar con papá. Ninguno de los dos estaba de buen humor. Aurora nos había dejado unas croquetas y una ensalada. Mientras comíamos, apenas cruzamos palabra. Fue mientras yo recogía los cacharros —me tocaba a mí— y Víctor se preparaba un café descafeinado cuando empezamos una conversación condenada al fracaso.

—Te he visto un poco ausente estos días —dijo.

—Estaba cansado.

—Tu madre cree que hay algo más.

—¿Qué te ha dicho?

Por un momento creí que mamá se había ido de la lengua.

—Que te cuide, simplemente. Esperaba que me dijeras tú lo que te pasa.

—Nada. ¿Cómo está mamá?

—Mejor de lo que piensas.

Nunca le hice mucho caso a Víctor. Aquella noche no fue una excepción. Imaginar que mamá estaba bien era un modo de disculparse a sí mismo. Por fortuna, yo no necesitaba que él me explicara cómo estaba mi madre.

—Le he contado lo a gusto que estamos aquí. Se ha alegrado mucho —añadió.

—¿Le has contado todo?

—Todo lo que se puede contar —rio, con una risa fuerte, típica de él. Típica de alguien que está muy seguro de sí mismo.

—Entonces no le habrás hablado de Irina.

Calló. Echó dos cucharadas de café en su leche caliente. Se sentó a la mesa y buscó el azucarero.

—Siéntate aquí conmigo —me ordenó—. ¿A qué te refieres exactamente?

—Tú sabes a qué me refiero —dije, mientras pasaba un paño por los platos que acababa de fregar y los guardaba en su armario.

—No, no lo sé. Y no me gusta lo que estás insinuando. No ha pasado nada con Irina que no se pueda contar.

—Bueno, sólo es cuestión de tiempo —dije.

Víctor removía el café con mucha lentitud y me miraba arrugando el entrecejo, como si lo que quería ver en mí no pudiera observarse fácilmente.

—No me hables así, Alejandro.

Solté el trapo. Me ardían las mejillas. Llevaba demasiado tiempo callado. Algo me impulsaba a cambiar las cosas.

—Y tú no le hagas eso a mamá.

—¿Se puede saber de qué estás hablando? —levantó la voz.

—De que Irina te pone cachondo. Será porque nunca te has tirado a una tan joven.

La primera me pilló por sorpresa. Fue todo muy rápido. Se levantó, me miró con ojos inyectados de ira y su mano derecha se estrelló contra mi mejilla izquierda. No me pegaba desde que cumplí ocho años. A la segunda ya fue diferente. La paré al vuelo. Le agarré la muñeca y forcejeamos. Víctor podía ser más hábil con las mujeres, más experto, tener más labia o ser más interesante. Pero a fuerza bruta, estábamos bastante igualados. Lo descubrí aquella noche.

—No quiero que le hagas eso. Yo la quiero, al revés que tú —dije.

Bajó la mano, desconcertado.

—Yo también quiero a tu madre, Álex.

Yo no estaba hablando de mi madre, pero no dije nada. Por cierto: también hacía muchos años que Víctor no me llamaba Álex. No me gustó que lo hiciera.

Terminé con mis obligaciones domésticas fingiendo que nada de lo que había pasado allí me había alterado lo más mínimo. No fue fácil, pero incluso encontré fuerzas para darle un breve repaso al suelo. Desde la escalera, mientras apoyaba el palo de fregona en la pared, dije algo que llevaba mucho tiempo pensando. Parecía muy concentrado en su taza, aislado en la zona recién fregada de la cocina.

—Víctor.

—Dime, hijo.

—Yo no cedo ante ti.

Subí los escalones de tres en tres, a zancadas. Por primera vez desde que llegamos no me sentía cansado, sino eufórico. Tomé la medicación, eché la llave, me desnudé y me tumbé en la cama, boca arriba. Entraba por la ventana una brisa muy agradable. Afuera, el silencio habitual. Había pensado leer un rato, pero cambié de planes. Con la excitación que sentía en aquel momento, cualquiera le prestaba a Dostoyevski la atención que merecía. Por otra parte, presentía que Dostoyevski habría entendido muy bien que algunas cosas se hacen en solitario.

Me apetecía pensar en lo que iba a pasar ahora. Así que, por una noche, desatendí mis obligaciones de escritor. No iba a repetirse. Me lo prometí a mí mismo: será sólo por

UNA VEZ,

cuando tenía 28 años, poco antes del día de Nochebuena de 1849, Fiodor Dostoyevski pisó un cadalso.

Se le acusaba de leer una carta ilegal en una reunión clandestina. Se trataba de un encuentro que algunos intelectuales, casi todos escritores, celebraban en San Petersburgo cada semana desde hacía cuatro años. Se les llamó «petrashevistas» por su organizador, Mijaíl Petrashevski, quien les convocaba en su casa. Para algunos, estas reuniones fueron el primer foco del socialismo en Rusia. No eran revolucionarios —desde luego, Dostoyevski no lo fue en absoluto—, tan sólo personas sensibles con la situación de los más desfavorecidos por el sistema: los miles de siervos que todavía existían en el país, privados de todas las libertades y los derechos que sólo favorecían a las clases altas. El grupo al cual pertenecía Dostoyevski creía que valía la pena luchar por la igualdad de las personas. Naturalmente, el zar no pensaba lo mismo.

La carta que les valió la condena había sido escrita por un conocido crítico llamado Belinski a un gran escritor, Nikolai Gógol. Circulaba de forma clandestina, y muchos estaban deseando leerla. Entre otras afirmaciones explosivas, en ella se decía que «la salvación de Rusia está en el progreso y la civilización. No son sermones lo que Rusia necesita, ni plegarias, sino que el pueblo tenga dignidad humana, leyes conformes con el sentido común y la justicia».

Dostoyevski la leyó en voz alta durante una reunión celebrada el 15 de abril de 1849. Por desgracia, entre los presentes estaba un agente secreto del zar. Una semana más tarde, informado de lo que había sucedido, Nicolás I firmó una orden de detención de los «petrashevistas». Después de la última de sus reuniones, celebrada el 22 de abril, en la que como siempre se habló de literatura, Dostoyevski regresó a su casa a las tres de la madrugada. Dos horas después, los agentes le despertaron y le sacaron de la cama:

—¡Por alta disposición imperial, queda usted detenido!

Estuvo, junto con sus compañeros, cuatro meses arrestado, incomunicado y pendiente de proceso en la cárcel política más siniestra del imperio, la fortaleza de Pedro y Pablo, de San Petersburgo. Una sola vez se le permitió escribir a su familia. Fue interrogado con dureza. Dostoyevski mantuvo la dignidad: no delató a sus compañeros, no negó sus ideales, incluso llegó a proclamar su amor hacia una literatura que fuera espejo de su sociedad. Su salud era mala y empeoró durante los meses de cárcel: dolores en el pecho, males estomacales, ataques de epilepsia constantes y pesadillas todas las noches. Nueve meses más tarde, se publicó la sentencia: todos ellos eran condenados a muerte. El fin de sus días tenía fecha y lugar: el 22 de diciembre, en la plaza Semiónovskaya de San Petersburgo.

Dostoyevski vivió esos días como los últimos. El 22 de diciembre amaneció helado y cubierto. Un día triste. Los condenados fueron llevados al lugar de la ejecución, la sentencia fue leída en voz alta por un guardia imperial, se les ordenó arrodillarse, el verdugo ató a los postes a los tres primeros. Dostoyevski estaba entre los tres siguientes: le tocaba morir en segundo lugar. Los soldados que debían fusilarlos estaban en formación, con las armas listas para disparar. Alguien gritó:

—Preparados. Apunten...

Justo en ese instante llegó, a caballo y galopando, un correo del zar. Traía una noticia. Un indulto. El zar les perdonaba la vida. No se lo habían dicho hasta ese momento porque el zar deseaba, pese a todo, darles una dura lección. Y tan dura. Uno de los condenados atados al poste enloqueció en cuestión de minutos. Otros contrajeron en la cárcel enfermedades de las que ya no se librarían nunca. La pena de muerte fue conmutada por cuatro años de trabajos forzados en Siberia y por un tiempo indefinido de prestación de servicios en el ejército. Dostoyevski se sentía optimista, pese al terrible destino que le esperaba. Le escribió una carta a su hermano Mijaíl: «Moriría si no pudiera escribir. Valen más quince años de reclusión, ¡pero con la pluma en la mano!».

A las doce de la noche, un herrero ponía en los tobillos de Dostoyevski los pesados grilletes de hierro que habría de arrastrar durante cuatro años. Pesaban unos cuatro quilos. Salieron en trineo hasta su frío lugar de destino. Tardaron casi un mes en llegar. Por el camino, que discurría a través de los Urales, soportaron temperaturas de hasta cuarenta grados bajo cero. El 23 de enero de 1850, Dostoyevski cruzaba las puertas de la fortaleza de Omsk. No volvió a ser completamente libre hasta nueve años más tarde, después de cumplir cuatro de trabajos forzados y otros tantos como soldado, cuando se le concedió la licencia para poder retomar su vida.

Se casó dos veces. Siempre me ha gustado la historia de su segunda mujer, Anna Grigorievna Snítkina. Tal vez porque no hubiera sido posible sin las casualidades, como todas las grandes historias.

Todo empezó cuando un editor sin escrúpulos, llamado Stelovski, aprovechó la circunstancia de que Dostoyevski estaba en apuros económicos para ofrecerle un contrato con unas cláusulas muy duras, seguramente pensadas para que el escritor no lograra cumplirlas. Según el contrato, Dostoyevski se comprometía a entregar una novela antes de un año. Si no lo hacía, debería compensar al editor con una fuerte cantidad de dinero. Además, si incumplía, el editor tendría derecho a publicar cualquier cosa suya y sin pagarle nada. Sólo alguien muy necesitado de dinero aceptaría un contrato de edición con unas cláusulas semejantes.

En esa época, Dostoyevski se encontraba trabajando en su mejor y más ambiciosa novela, *Crimen y castigo*. Se había comprometido a entregarla a otro editor antes de un año. Los compromisos adquiridos, de pronto, eran demasiados para él. Por si fuera poco, no se sentía en un buen momento creativo. La presión no es buena consejera en estos casos. Treinta días antes de que venciera el plazo establecido por Stelovski, Dostoyevski no había escrito ni una línea de su nueva novela. Sus amigos se dieron cuenta de sus apuros y le propusieron escribirla entre todos, para así ayudarle. Sin embargo, Dostoyevski se negó:

—Nunca firmaré con mi nombre un trabajo ajeno —les dijo, muy en sus cabales.

La solución se les ocurriría poco después y tendría nombre propio: Anna Grigorievna Snítkina, de veinte años, estudiante de taquigrafía. Uno de los amigos del escritor la contrató para que le ayudara. Y Dostoyevski, por primera vez, probó a trabajar de otro modo: dictar en lugar de escribir. Algo más de esfuerzo, pero mayor rapidez. Preparaba sus notas y dictaba a partir de ellas. Pronto se acostumbró a ese nuevo método. Anna Grigorievna resultó ser una colaboradora entregada. Dos días antes de que expiara el plazo fijado por el editor, Dostoyevski dictaba las últimas páginas de una voluminosa novela. En las últimas veinticuatro horas realizó los últimos retoques. El mismo día fijado en el acuerdo, Dostoyevski llamaba a la puerta del editor con su original bajo el brazo. Lo había titulado *Ruletenburg*. El editor le cambió el nombre —también suele pasar— por otro más fácil y efectista: *El jugador*. Hoy está considerada una de sus mejores obras y una de las que más lectores sigue teniendo en todo el mundo.

Terminados los apuros, Anna Grigorievna siguió trabajando para él. Habían simpatizado. Se enamoraron. Él le propuso matrimonio. Se casaron en 1867, casi inmediatamente después de terminar su gran novela, aquella historia imaginada en los años de cárcel, en la que un joven llamado Raskólnikov asesina a una anciana de un modo horrible y brutal. Esa novela, tal vez la más famosa de todas las suyas, se llamó *Crimen y castigo*. En el proceso de su trascripción, por cierto, también fue muy importante Anna Grigorievna.

Me gustan las casualidades. Raskólnikov, quién lo pondría en duda, es un hombre algo perturbado. También don Quijote lo estaba, como todo el mundo sabe. Ambos fueron imaginados por sus autores durante sendas estancias en la cárcel. Eso sí, separadas por unos dos siglos y medio. Del Quijote de Cervantes, por cierto, opinaba Dostoyevski que era «el libro más grande y más triste de cuantos ha creado el género humano». Por desgracia, Cervantes nunca pudo opinar acerca de Dostoyevski.

Leer es como recorrer una casa enorme toda llena de puertas que se van abriendo y cerrando, o se hacen invisibles o reaparecen con el paso de los años, de los siglos. Por ello leer es también aprender a

ELEGIR

entre dos alternativas es siempre complicado. Partir o quedarse. Tólstoi o Chéjov. Cerveza Stepán o Báltika. Mi padre o yo.

Irina volvió a los cuatro días. La vida allí no había cambiado mucho. Mi padre había empezado a estudiar *La fuente de Aretusa* de Szymanowsky, una pieza difícil con la que hasta ese día no se había atrevido. Tal vez no le habían faltado los ánimos, sino las horas. Yo había escrito mis primeros versos dedicados a Irina que, por supuesto, no estaba dispuesto a dejarle leer. Nora había caído en tal estado de melancolía que no salía de su cuarto, en casa de la vieja y difunta amiga del alma. El único que se comportaba como siempre, a decir de Víctor, era *Raskólnikov.*

—No sé qué hacer con Nora —nos confesó Irina a su vuelta—. No tenía más familia que mi abuela, y está muy mayor para trabajar en otra parte.

Irina encontró en Víctor a un ayudante solícito y dispuesto a casi cualquier cosa por complacerla. Durante los días que siguieron, la llevó en coche a la ciudad para que arreglara los papeles de la herencia, la ayudó con el resto del papeleo y hasta le calculó la cantidad de dinero que debía dar a Nora si decidía prescindir de sus servicios. De hoy a mañana, Irina se había vuelto una mujer abocada a una toma de decisiones constante.

Irina no era la única descendiente. Había un par de tías, hermanas de su padre, y cuatro primos a los que llevaba años sin ver. Casi todos se dejaron caer por allí aquella misma semana.

—Celebraremos un banquete mortuorio a la manera rusa. Con mucha comida, mucho vodka y muchos brindis. Estáis invitados —nos dijo la mañana en que acudí a devolverle a Dostoyevski y a buscar más lectura.

—Ya sé lo que querías decir. Le pusiste a tu perro el nombre del asesino de *Crimen y castigo*.

—Bueno, Raskólnikov, el del libro, es mucho más que un asesino, ¿no crees? Algo así como una mente atormentada. Un personaje muy complejo.

Estuve de acuerdo. Irina añadió:

—No sé por qué motivo los malos siempre me parecen más interesantes que los buenos.

Irina daba vueltas sin rumbo por la biblioteca.

—¿Qué te apetece leer ahora?

No sabía qué decir.

—Tal vez estés ya preparado para leer a Tólstoi. ¿O prefieres a Chéjov?

Me encogí de hombros. No sabía nada de ninguno de los dos.

—Ya va siendo hora de que leas teatro ruso —dijo—, aunque tal vez antes podrías…

Buscó una banqueta de madera que había en un rincón y se encaramó a ella. Al momento estaba frente a mí con dos libros: *Anna Karénina*, de Tólstoi, y *El huerto de los cerezos*, de Antón Chéjov.

—Toma, elige tú. Yo estoy cansada de decidir a todas horas.

Pensó un momento y añadió:

—Aunque, como tú eres intelectual, es probable que de Chéjov te gustara más *La gaviota*.

—Éste está bien —respondí—. Ya te pediré el otro.

Al día siguiente se celebró la comida familiar. Ni siquiera Víctor sabía cómo comportarse en aquella ocasión. Eso me tranquilizó un poco. Fue un almuerzo rarísimo. Las dos tías de Irina eran dos ancianas con moño canoso y pantalones vaqueros.

—Son las hermanas de mi padre. Traducen a Tólstoi. Siempre han trabajado juntas.

—¿Son solteras?

—Claro. No encontraron quien las aguantara.

—¿Y tu padre?

—Mi padre murió cuando yo tenía trece años. Pobre abuela, había vivido un montón de cosas amargas que nunca le contaba a nadie. No imagino nada más amargo que ver morir a un hijo.

También Nora se quedó a comer. Los parientes protestaron un poco, pero Irina la defendió.

—Liudmila la consideraba como a una hermana. No nos perdonaría que no se sentara a la mesa con nosotros.

Comimos en el salón, frente a la ventana donde vi a Liudmila Vasílievna por primera vez. Su recuerdo y su olor todavía lo impregnaban todo. Tuve la sensación de que, por muchas cosas que pasaran allí, aquella casa conservaría la esencia de la anciana por los siglos de los siglos. La verdad, no sé qué hacíamos Víctor y yo en aquella especie de celebración. Irina nos presentó como «unos vecinos muy queridos por la abuela». Eso no evitó que todos nos miraran como si fuéramos sospechosos de algo.

Comimos hasta reventar. Una especie de tortitas llamadas *blinis,* con caviar y salmón, patatas asadas, arenques ahumados, pepinillos, rollos de col con carne y hasta un guiso de ternera que preparó la propia Irina y que le valió los elogios de todos:

—Ternera a la Strogonoff, cuánto tiempo sin probarla —exclamó una de sus tías.

También había bebida en grandes cantidades. Vino, cerveza y vodka. El vodka y la cerveza eran rusos y los habían traído los parientes. Todo el mundo bebía sin parar.

—¿Un vaso de vodka? —me preguntó un hombre que debía de tener la edad de mi padre.

—Es demasiado fuerte —me disculpé.

Irina se acercó a mi oído y susurró:

—Nunca rechaces el primer trago de vodka a un ruso. Es una ofensa imperdonable. Bebe un vaso y, si no te gusta, rechaza el segundo.

Le hice caso, ante la sorpresa de mi padre que nunca hasta ese momento me había visto beber algo tan fuerte.

—De acuerdo, lo probaré —dije.

Me echaron un chorro generoso de la bebida transparente en mi copa. Aún no habíamos probado la comida. Una de las tías se puso en pie, levantó su copa y pronunció una parrafada en ruso, grave y emocionada. Entendí que se estaba refiriendo a Liudmila Vasílievna. Cuando terminó, y en medio de un gran silencio, todos se llevaron la bebida a los labios.

—De un trago, Sasha —aconsejó Irina— y procura que toque la garganta lo menos posible.

Me molestó un poco que me adoctrinara de aquel modo delante de su familia, pero no por ello dejé de seguir sus enseñanzas. El vodka me rascó la garganta de todos modos. Debió de notarse, porque la anfitriona me acercó un vaso y dijo:

—Toma. Bebe un poco de zumo de naranja.

Los demás se pasaban a la cerveza.

—Tenemos Baltika 3, que es la buena. Aunque, si prefieres Stepan o Pit... —informó el primo.

—Cuidadito con el alcohol, Álex —escuché la voz de Víctor sin hacerle ningún caso.

Yo ya daba por asumida la borrachera que me esperaba.

—¡Pero si había vodka Standártnaya! ¿Cómo no lo habías dicho antes? Acerca la copa, Sasha, tienes que probarlo.

Los primos eran personajes siniestros. Apenas hablaron durante la velada salvo para proponer brindis por la muerta. Uno de ellos no le quitaba a Irina la mirada de encima. A mi vez, yo le vigilaba a él con atención. Al terminar de comer, Víctor fue por su violín y tocó otra de sus piezas favoritas, que levantó ovaciones entusiastas, como de costumbre. Estuvo tocando largo rato. Se sirvió té y *kvas,* una bebida hecha con centeno, de baja graduación. Me aburría tanto que me fui a estirar las piernas a la biblioteca. Fue justo después de que Irina dijera que no sabía si quedarse allí hasta el final del verano o marcharse ya a Madrid y empezar a pensar en vender la casa. Además de a mí, noté que aquel comentario no sentaba bien a la mayoría de los parientes. No me pareció que a mi padre produjera emoción alguna.

—¿En tu familia no hay gente normal? —pregunté a Irina un par de días después.

—Uno, pero ahora está en Moscú. Se va a quedar allí, por trabajo, durante cinco años. Le vi hace dos días. Es el único al que mi abuela no desheredó. Se llama Vitia y también es traductor, además de otras muchas cosas. Ya ves que en mi familia no hay tanta variedad como en la tuya.

La propia Nora resolvió uno de los asuntos que tanto preocupaba a Irina. Decidió que con su pensión y el dinero que le correspondía por jubilarse, pagaría su estancia en una residencia de la tercera edad cercana al pueblo donde nació, llamado Renieblas. Si Irina no tenía inconveniente, dijo, se marcharía lo antes posible.

Irina no tuvo inconveniente, claro. Más bien se quitó un gran peso de encima. Ya sólo quedaba decidir qué iba a hacer ella misma.

—También podría conservar la casa, para cuando decida pasar una temporada en España.

—¿Piensas marcharte? —pregunté.

—Me encantaría establecerme en San Petersburgo. Pero no podré si no vendo esto.

Estábamos en mitad del camino entre las dos viviendas. Tenía ganas de pedirle que se quedara, por lo menos un tiempo más. Escogía las palabras como si fueran conchas junto a la playa: buscaba las más pulidas, las más hermosas. Aunque no llegué a tiempo. Ella se adelantó.

—De las cosas que me atan a este lugar, casi ninguna merece que me quede —musitó, con un hilo de voz que se oía

APENAS

unos días antes de marcharse para siempre, el conde Lev Tólstoi abrió los ojos en mitad del sueño y pronunció unas palabras extrañas:

—Escapar —dijo—. Hay que escapar.

Tólstoi, para algunos el novelista más importante de todos los tiempos, se fugó de su casa, en una aldea llamada Yasnaia Poliana, en la provincia de Tula, a unos 200 quilómetros de Moscú, a los 82 años, la madrugada del 28 de octubre de 1910, con la ayuda de un criado y de su hija pequeña. Se marchó en tren, sin rumbo fijo, aunque al parecer tenía idea de llegar a Besarabia, donde vivía un amigo suyo.

Ese día se levantó a las cuatro. Se puso la bata y las zapatillas y se sentó a su escritorio, a redactar una carta para su esposa, Sofía, con quien llevaba casado cuarenta y ocho años. Primero hizo un borrador. Luego, lo pasó a limpio.

En ella le contaba los motivos de su fuga: «Mi partida te disgustará. Lo siento, pero intenta comprender y créeme que no podía actuar de otra manera. Se me ha hecho insoportable la situación. Te ruego que no me busques, que no vengas si sabes dónde estoy». Salió de casa en carruaje, todavía de noche, y recorrió los seis quilómetros que le separaban de la estación de tren más cercana. Llegaron allí a las seis de la mañana, y tomaron el primer convoy.

Tólstoi era un hombre excesivo en todo. A los diecinueve años, después de heredar una gran fortuna, empezó un diario. Cuatro días antes de morir, 63 años más tarde, escribió en él por última vez. Fue conde, perteneciente a una de las familias aristocráticas más importantes de Rusia. Tuvo trece hijos. Combatió en la guerra. Escribió algunas de las novelas más reconocidas de la literatura mundial. Se preocupó de sus siervos, a quienes procuró una educación. Fue un hombre muy famoso, una autoridad nacional. Hoy en día, su casa de Yasnaia Poliana, en la provincia de Tula, es un lugar de peregrinación para rusos y extranjeros. Se conservan los muebles originales, el escritorio, la cama, el último libro que Tólstoi leyó antes de marcharse —uno de Dostoyevski, a quien admiraba— , su biblioteca y muchos objetos personales. Además, el bosque que rodea la casa está casi intacto, incluidos los lugares que más le gustaban a su dueño, como el banco de troncos frente al lago. Su tumba está junto al barranco en el que de niño solía jugar con sus hermanos, en un lugar solitario bajo los árboles.

En plena fuga, el escritor llegó a Astápovo, en compañía de su criado, el 31 de octubre. Tólstoi estaba enfermo, había pasado frío y calor durante los viajes, de tren en tren, y había contraído una pulmonía. Tiritaba. También eso lo escribió en su diario. En Astápovo, una de las estaciones de su recorrido, decidió detenerse. El jefe de estación le cedió un humilde cuarto con una cama. Allí agonizó durante seis días, hasta que murió a las seis y cinco de la mañana del 7 de noviembre. Desde entonces, el reloj de la estación marca esa hora.

Hasta aquel lugar recóndito y pequeño fueron muchos a verle. No sólo Sofía, su mujer, que venció su cólera para visitar brevemente a su marido en su agonía; también sus hijos, los representantes del gobierno, sus médicos, sus amigos, algunos sacerdotes ortodoxos que querían reconvertirlo a su fe, los periodistas que informaban desde sus periódicos de la triste pérdida y hasta el retratista que en muchas ocasiones le había dibujado, y que acudió acompañado de su hijo menor, quien jamás borraría aquellas escenas de su memoria. Este chiquillo, de diez años, era, por cierto, un futuro premio Nobel de literatura: Borís Pasternak, quien con los años habría de escribir *Doctor Zhivago*.

Hasta pocas horas antes de morir, Tólstoi repitió casi idénticas palabras:

—Iré a algún lugar. Que nadie me lo impida. Dejadme en paz.

Cuando falleció, llevaba cuatro días sin anotar nada en su diario. Nunca antes había pasado tanto tiempo sin escribir. Esa mañana tañeron las campanas y la gente salió a la calle a recordar a su escritor más querido. La policía había prohibido a los ciudadanos acudir al entierro, la prensa tenía prohibido publicar nada de su muerte, las iglesias habían cerrado sus puertas para que nadie entrara en ellas a rezar por su alma. Tólstoi estaba enemistado con el poder y había sido excomulgado unos pocos años atrás. Sin embargo, la noticia de su muerte corrió como un reguero de pólvora. En la calle reinaba un silencio mortuorio, de duelo nacional. Hasta sus honras fúnebres llegaron miles de personas, desde miembros de la familia imperial hasta trabajadores muy pobres, por quienes tanto había luchado el autor a lo largo de su dilatada vida.

La existencia de uno de los literatos más importantes de la novela rusa había sido larga y fructífera. Si es cierto que para escribir lo único que es absolutamente necesario es haber vivido lo suficiente, Tólstoi estaba destinado a ser uno de los grandes. De momento, lo único que me equiparaba a él eran mis de Víctor. Las sentía a todas horas. Hasta que me di cuenta de que se trataba de un sentimiento recíproco: también él tenía ganas de perderme de vista. Lo demostraba constantemente. Cada vez que invitaba a Irina a salir y se iba con ella en el coche. Cada vez que le proponía salir a cenar fuera y me preguntaba a mí, con aquel tono melifluo:

—¿No te importará cenar solo esta noche, hijo?

De hecho, a la única que le molestaba era a Aurora.

—No me importa preparar cena sólo para uno, pero tirar la comida es pecado.

Durante la semana que siguió al encuentro familiar, Irina almorzó en nuestra casa todos los días. Le exponía a mi padre sus dudas y sus proyectos, y él escuchaba con un interés que parecía real. Víctor le hablaba de sus compositores favoritos —Rajmáninov, Schubert, Shostakovich—, disfrutaba impartiendo sólo para ella sus clases magistrales.

Irina picaba el anzuelo. Era una chica excepcional, pero en eso demostró ser tan idiota como todas las mujeres que habían tenido algo que ver con mi padre: también se dejaba impresionar.

Las horas de estudio eran lo único que continuaban siendo sagrado. Un intérprete debe cuidar eso tanto como un atleta sus horas de entrenamiento. Víctor empezó a estudiar por la tarde, después de la siesta, y no solía salir antes de las ocho.

Era mi turno. Interrumpía a Irina en mitad de su trabajo, lo sabía, pero no me importaba. Le entregaba los libros leídos y me llevaba otros. Le hablaba de mis dos páginas diarias en el cuaderno.

—Pero sigues sin dejarme leer nada —me recriminaba—. Voy a tener que empezar a pensar que no escribes. Que sólo dices que eres escritor para ligar más.

—Pues no ligo nada. Se lo lleva todo mi padre.

Me lanzó una de esas miradas llenas de significados y acarició mi mano.

—Te pareces mucho a tu padre —dijo.

Retiré la mano. Lo último que deseaba de ella era ese tipo de caricias.

—Qué va. No me parezco nada. Si me conocieras, lo sabrías.

Irina resolvió quedarse unos días más, por lo menos hasta que terminara el mes de agosto. Respecto a la casa, aún no había tomado una decisión.

—En mi familia ha habido ya varias casas perdidas. Deshacerse de ésta y marcharse a Rusia sería una manera de continuar con la tradición.

Calló un momento, recordando algo, y añadió:

—Aunque esta vez no se perderían los libros…

Quería preguntarle de qué libros estaba hablando. No fue necesario.

—La biblioteca que mi bisabuelo Vasili tenía en su casa de campo sí era magnífica. Diez mil volúmenes. Tuvo que abandonarlos cuando huyó.

—¿Qué pasó con los libros? —inquirí.

—Jamás aparecieron. Ni siquiera en el mercado negro. La casa, la destrozaron los revolucionarios.

En las muchas horas que pasamos en la biblioteca, generalmente ella contándome historias de su familia o de sus escritores rusos más admirados, nunca me atreví a decirle el daño que me hacía cada vez que hablaba de marcharse, lo totalmente incapaz que era de imaginar una vida en la que ella no estuviera. Nunca le dije que la quería de verdad, como sólo tienen el privilegio de querer unos pocos y sólo unas pocas veces en la vida. Aún hoy estoy seguro de que nadie la habrá querido así.

—Si te marchas, me gustaría que me escribieras —fue todo lo que se me ocurrió decir.

Escribir para retener lo que se nos escapa de las manos. Porque mucho más triste que lo que no se puede conseguir es lo que no se puede retener. Por eso decidí que debía escribir las historias que me contaba Irina. Empezando por la de Iván Serguéievich Turguéniev y su amor tan idiota como el mío. Y prosiguiendo por nuestra propia historia, aquella de los encuentros en la biblioteca, siempre con los libros como pretexto, siempre pasando de puntillas por otras cuestiones que a los dos nos hubieran hecho daño. Descubrirlo fue dar sentido a aquel verano: tenía que retener aquellos encuentros, aquellas historias increíbles, casi todas tristes como ella y como yo; retener los ojos grises de Irina, sus mechones de cabello cayendo sobre su frente cuando trabajaba, los acordes del violín de Víctor como inevitable música de fondo a mis sentimientos.

Ya que no podía retenerla, iba a retener lo mejor que me había dejado. Me empujaban unas ganas intensas de escribir. Era la primera vez que las sentía.

Aquella noche también hubo tormenta. Víctor no durmió en casa. Por la mañana, nada más levantarme, decidí telefonear a

MI MADRE

se disponía a salir cuando sonó el teléfono. Laura la estaba esperando abajo, con sus dos hijos en el coche, para ir juntas a la piscina. Aquella vez decidí emplearme a fondo para conseguir mis propósitos.

—Últimamente no me encuentro demasiado bien y me gustaría que vinieras —dije.

—¿Y tu padre?

—No está casi nunca.

—¿Y dónde está?

—Por ahí. A veces le echa una mano a la vecina. Se ha muerto su abuela.

—¿Qué edad tiene la vecina, hijo?

—Veinte.

En aquella pausa podría haber contado uno por uno los años de Irina.

—Entiendo. Déjame hablar con Laura, ¿de acuerdo? ¿Hay sitio ahí para nosotras dos y para sus hijos?

—De sobra.

No me importaba haber jugado sucio. Lo único que me importaba era saber qué cara iba a poner Víctor cuando viera a mamá aparecer por la puerta. Ni siquiera pensé en Irina.

La proximidad entre las personas es un misterio. No creo que exista nadie capaz de explicar cómo surge ni por qué motivo. En aquellos días, Irina terminó su traducción, pero no parecía contenta.

—Sólo me queda una última revisión y estará lista. ¿Te apetece leerme, aunque sea en las palabras que escribió otro?

—Claro que sí. ¿Y qué vas a hacer ahora? ¿Vas a empezar a traducir otra novela? —pregunté.

—Voy a empaquetar los libros de la biblioteca. Me los llevo.

—¿Adónde?

—Aún no lo sé.

Me ofrecí a ayudarla. No contestó. A sus ojos les faltaba el brillo de otras veces. Su silencio era más interrogativo que nunca. Estaba esperando a mi padre para ir a cenar, como casi todos los días últimamente.

—Dijiste que Víctor había tenido muchas novias, ¿verdad?

—Sí, algunas. Qué más da.

—Me gustaría saber qué pasó con ellas. Si no te importa hablar del asunto.

—Nada —contesté—. No pasó nunca nada. Se marcharon.

Miraba por la ventana. Me pareció que tenía ganas de llorar. Empecé a pensar que tal vez con mi presencia la estaba molestando.

—Otro motivo para irme de aquí —murmuró.

Me hubiera gustado abrazarla. Apartar los mechones de su frente y besarla en todas partes. En los ojos, en los labios, en las manos, en el cuello. Ojalá todo eso hubiera servido de algo. Ojalá hubiera tenido alguna influencia sobre ella.

—Mis padres nunca han hablado en serio de separarse —dije—. Creo que ni siquiera esta vez.

Adiviné que ésa era la información que ella deseaba saber. Aunque no fuera la que quería oír.

—Entonces no hay solución —dijo.

La mayoría de la gente considera irresolubles los problemas cuya solución no les satisface. La sentí lejana por primera vez.

—No quiero que Víctor te haga daño —dije.

Sonrió con infinita tristeza mientras me acariciaba el pelo, ladeándome el flequillo. Exactamente el mismo gesto que hace mi madre. Lo peor que podía haber hecho.

—Claro que no, Sashénka. Te lo prometo —dijo, intentando sonreír.

Me olvidé de los libros. Aquel día, me marché con las manos vacías y el corazón cargado de plomo. Menos mal que no me crucé con Víctor. Ni con nadie. Me encerré en mi cuarto, me senté frente a la ventana, abrí el cuaderno, observé a mi padre en su recorrido hasta la casa vecina, intenté imaginar la escena que iba a tener lugar en la biblioteca y deposité el anillo frente a mí. Mi talismán, mi amuleto. El faro que, una noche más, había de guiarme en mi escritura a ciegas. Antes de empezar me hice una firme promesa, muchas veces repetida:

—Mañana le devuelvo el anillo. De mañana no

PUEDE PASAR

que la historia de un desconocido te recuerde tu propia vida en muchos aspectos. Antón Chéjov sentía hacia su padre una profunda antipatía, sufría de tuberculosis —en su tiempo una enfermedad incurable, que lo mató a los 44 años— y escribió sus primeros textos a una edad muy temprana, apenas recién salido de la adolescencia. Lo hizo, por cierto, porque necesitaba dinero y había semanarios satíricos dispuestos a publicar casi cualquier cosa. El propio Chéjov se arrepentiría luego de muchos de los cuentos que había escrito con prisa, sin mucho cuidado, y publicado bajo el seudónimo de Antosha Chejonté.

Antón Chéjov tenía necesidad de ganar dinero. Él fue el primer escritor de su generación cuyos orígenes eran humildes, los más humildes que se podían tener en Rusia: su abuelo había sido siervo, uno de esos siervos adscritos a la tierra que eran adquiridos y vendidos como simples cosas y que no poseían derecho alguno. Sin embargo, logró ahorrar lo suficiente para comprar su propia libertad y la de toda su familia. Es fácil, en estas circunstancias, saber cuánto valía la vida de un hombre: el abuelo del escritor pagó a sus señores 700 rublos por cabeza. El padre de Chéjov abrió una tienda de comestibles en el lugar donde nacieron sus hijos, Taganrog, una de las ciudades importantes del mar de Azov, cerca de Crimea. En pocos años se arruinó y la familia tuvo que emigrar a Moscú. Todos menos Antón, que siempre disfrutó siendo un espíritu libre. O, lo que es lo mismo: un solitario.

Una de las mejores historias de su vida tiene que ver con una gaviota muy especial. Precisamente así, *La gaviota*, se llama una de sus obras de teatro más conocidas. Las obras de Chéjov son hoy representadas en todo el mundo y su nombre se considera como uno de los más importantes del teatro moderno. En su tiempo, en cambio, no siempre gozó de un éxito similar. Tanto sus relatos como sus obras teatrales fueron a menudo mal recibidos, como ha pasado siempre con las obras literarias distintas a las modas de su tiempo y en cierto modo avanzadas a su época. Sencillamente, el público y los lectores no estaban aún preparados para recibirlas. Tampoco lo estaban algunos de los escritores más afamados de su época, como Tólstoi, quien una vez dijo del teatro de Chéjov:

—Ya sabe usted que Shakespeare no me gusta. Pero su teatro, querido Antón, es todavía peor. No vale absolutamente nada.

La Gaviota se estrenó en el teatro Aleksandrinski de San Petersburgo el 17 de octubre de 1896. Fue un rotundo fracaso. El público rio durante las escenas dramáticas, se burló de los actores y de las situaciones, pataleó y silbó casi todo el tiempo. Chéjov estaba en la sala, pero al final de la función no se atrevió a salir al escenario a saludar. Estaba tan trastornado que caminó sin rumbo fijo por las heladas calles de San Petersburgo hasta el amanecer. Al día siguiente le escribió una carta a un amigo donde decía, con firmeza: «Nunca más volveré a escribir o a representar una obra de teatro».

En la obra de Chéjov aparece una gaviota muerta. La trae Trepliov, uno de los personajes —aspirante a escritor, por cierto—, y la deposita en mitad del escenario mientras le dice a Nina, una joven que aspira a ser actriz, que se arrepiente de haber cometido la infamia de matarla. Es sólo un dato curioso, pero es muy probable que Chéjov fuera el primer escritor europeo preocupado por la ecología. Y no sólo por esta escena.

Por fortuna, Chéjov olvidó las terribles palabras que le había escrito a su amigo. Sólo dos años después, el Teatro de Arte de Moscú decidió representar *La gaviota*. El escritor empezó a acudir a los ensayos. Para el papel protagonista se había elegido a Olga Knipper, una actriz de ascendencia alemana. Chéjov se enamoró de ella nada más verla. Era inteligente y expresiva. Tenía 30 años. El dramaturgo, 38. Trabajaron juntos durante los ensayos. Olga interpretaba a la protagonista, la frívola y coqueta actriz Arkádina. Al mismo tiempo, iniciaron una relación sentimental que Chéjov deseaba mantener en secreto. Sólo unos años antes, en otra carta a su amigo, hablaba de su miedo a comprometerse con una mujer: «Estaría dispuesto a casarme si me encuentras una esposa que, como la luna, no esté siempre en mi horizonte. Ella en Moscú, yo en el campo». Olga Knipper, como se vería muy pronto, era su mujer ideal.

El estreno en Moscú de *La gaviota* fue todo un éxito. Lo peor fue que Chéjov no estaba allí para verlo, para olvidar el desastre de San Petersburgo. Después de esta primera vez, se representó en muchas otras ocasiones, hasta convertirse en un símbolo. Cualquiera que hoy en día acuda a una representación en el Teatro de Arte de Moscú apreciará que una gaviota decora los cortinajes y el telón.

El pobre Chéjov no tuvo suerte con los estrenos de sus obras. Siempre que el público le abucheó, él estaba allí, sentado en uno de los palcos. Los éxitos, en cambio, sucedieron en su ausencia, cuando pasaba largas temporadas alejado de Moscú por culpa de su enfermedad, que se agravaba día a día. Sin embargo, hubo una excepción: el estreno de *El huerto de los cerezos*, su última obra. Fue en el mismo año en que murió, 1904. Para entonces, el dramaturgo ya era un hombre casado. Olga Knipper se había salido con la suya. Después de mucho insistir, Chéjov le escribió una carta en la que le aseguraba: «Si me prometes que en Moscú nadie se enterará de nuestra boda hasta que se haya celebrado, me casaré contigo el mismo día de mi llegada».

Y así fue. Se casaron el 25 de mayo de 1901, casi sin testigos. Olga Knipper era la esposa que él deseaba: viajaba sin cesar de una capital a otra con la compañía de teatro y le dejaba a él tiempo para escribir y restablecerse de sus males. En las ausencias de Olga, Chéjov escribía sin descanso: un relato tras otro, cientos de cartas y su última obra teatral, *El huerto de los cerezos*, que había de ser una comedia pero que, poco a poco, se le fue transformando en tragedia. Tal vez porque contaba una realidad: la desaparición de los terratenientes rusos. La familia protagonista debe vender su casa, y también el resto de la finca de su propiedad, incluido un huerto con cerezos que simboliza todo lo bueno de tiempos pasados. La obra termina con un mensaje claro de un mundo condenado a muerte: el sonido de un hacha talando los árboles, uno por uno, mientras la familia abandona la casa.

Su estreno en Moscú, el día que su autor cumplía 44 años, fue un acontecimiento. Por una vez, Chéjov estaba en la sala. Subió al escenario y saludó a su público, que le aplaudía con entusiasmo. Estaba débil y pálido. Alguien, desde la platea, le animó a sentarse y descansar. Sacaron para él un sillón al escenario, y Chéjov acabó de recibir el alud de aplausos cómodamente instalado. No me resulta difícil imaginar, mientras todo eso ocurría, a Chéjov, abrumado, pensando en qué decir para agradecer tanto cariño. Un escritor

con que agrandar la herida
transcurrirá esta noche inacabable y oscura.
Un solo pensamiento de mi alma perdura:
me alumbrará tu luz a lo largo de esta vida.

Nunca he entendido por qué Tólstoi no inventó para *Anna Karénina* un final feliz. Su muerte fue una de las mayores tragedias de mi adolescencia.

—No me gusta cómo acaba —dije a Irina cuando se la devolví—. Parece que Tólstoi me quiera convencer de que el campo es un paraíso y la ciudad un infierno, menuda tontería.

La historia de las tres familias protagonistas, y todos sus líos de culebrón, me había apartado del mundo durante casi cuarenta y ocho horas. Mis ojeras denotaban que también durante las noches.

—En cambio, se le ha criticado mucho a Tólstoi que, al parecer, ni él mismo sabía cuándo empieza su historia, ¿no te has fijado? —dijo ella.

No entendí de qué estaba hablando.

—El día en que empieza la acción. Parece que fuera viernes, porque ese es el día en que el relojero acude a dar cuerda a los relojes de los Oblonski. Pero también es jueves, porque se dice en la conversación entre Kitty y la madre de Lyovin, en la pista de patinaje. Es curioso, ¿verdad? ¿Tú qué piensas?

—Que nadie es perfecto. Ni siquiera Tólstoi —repuse.

En los estantes de la biblioteca ya sólo quedaba polvo añejo. El suelo estaba sembrado de cajas. Sólo un par de anaqueles sobrevivían.

—He dejado ahí los libros en español. Todos los demás están preparados. Son unos libros muy viajeros. Antes de irme, te contaré también esa historia.

No me atreví a preguntar cuándo pensaba irse. No quería verla marchar. Prefería descubrir su ausencia una mañana cualquiera. Cogió el libro de Tólstoi y lo dejó junto a los otros.

—La verdad es que Tólstoi a veces se pone un poco pesadito —añadió.

—¿Cuándo te vas?

Existen dos categorías de personas: las que preguntan y las que responden. Irina y yo en la biblioteca. Mi padre la noche anterior, llamando a la puerta de mi cuarto. Mi madre, recién llegada, besándome en la frente y escrutándolo todo con la vista.

—¿Por qué le has hablado a Irina de tu madre y de mí? —inquirió la sombra de mi padre, recortada en el marco de la puerta.

Yo estaba en el baño, lavándome los dientes. Terminé de enjuagarme, cerré el grifo, guardé mis cosas y me volví hacia el retrete para orinar. Víctor quedó exactamente a mi espalda.

—Yo nunca hablo de vosotros.

—No me mientas.

Levantó la voz más de lo prudente. Pensé que no merecía la pena contestarle. Sobre el blanco del inodoro, se dibujaba un camino ligeramente anaranjado.

—Te estás comportando como un niño, Alejandro. Pensaba que podía confiar en ti.

Víctor nunca debería haber confiado en mí. Yo no estaba de su parte. Pasé frente a él sin mirarle a los ojos y cerré la puerta. Oyó cómo le daba una vuelta a la llave.

—Abre esa puerta ahora mismo —gritaba, fuera de sí—. ¿No me oyes? Ábrela.

Se cansó y se fue. Sólo un rato después, sonaban los acordes del violín y los grillos le servían de acompañamiento. Abrí el libro que había preparado para esa noche: *El huerto de los cerezos*, comedia en cuatro actos, la acción transcurre en la finca de la señora Ranévskaya, es por la mañana de un día del mes de mayo, los cerezos están en flor, aún hace frío y el jardín está escarchado. No pude leer más. Una voz me llamaba desde abajo, entre susurros. Antes de asomarme ya sabía que era Irina.

—¿Te apetece salir un rato? Necesito hablar —dijo.

Abandoné a Chéjov sobre la cama. Víctor estaba muy ocupado para darse cuenta de mi fuga. Nada más reunirme con ella, Irina dijo algo que me sorprendió:

—No quería que me oyera tu padre. No tengo ganas de verle.

Aquella noche, tampoco le devolví el anillo. Sin embargo, ocurrió algo importante: al regresar a mi habitación, varias horas más tarde, garabateé cuatro versos apresurados en mi cuaderno. Fueron los primeros que, cuando los releí, no me avergonzaron. Tal vez porque eran lo más cierto que había escrito hasta aquel momento. También eran muy tristes.

Aquella noche, Alexander Victorovich Ramírez, se convirtió en poeta en arte mayor. Lo que Irina tenía que decirme me convirtió en

OTRA PERSONA

habría actuado de otro modo, pero yo estaba loco por Irina. Nos sentamos entre las cajas de la biblioteca del abuelo Dmitri, en el suelo, sin encender las luces. La escasa claridad de la luna filtrada por los cristales del ventanal no nos bastaba para vernos las caras. Era mejor así: la oscuridad ampara mucho mejor las confidencias.

—Es el mayor error de mi vida, pero le quiero —dijo—. Cuando pienso en él siento que me falta el aire. Qué tontería. ¿No me dices nada?

No se me ocurría nada que decir, salvo que yo sentía lo mismo cada vez que pensaba en ella. Hubiera puesto por escrito sus palabras y las habría firmado.

—No debería contarte todo esto precisamente a ti —añadió—. Otra vez me estoy equivocando, ¿ves? Soy una experta en meter la pata.

Tanteé la oscuridad hasta sentarme a su lado. Apoyábamos la espalda contra uno de los anaqueles. Pasé mi brazo por sus hombros. Era la primera vez que la sentía tan cerca.

—Por si te sirve de algo: éste es el mejor momento de mi vida.

Me arrepentí al instante de haber dicho algo tan estúpido: ella sufría y para mí era un momento único. Apoyó la cabeza en mi hombro. Su aliento acariciaba mi cuello y me erizaba la piel; sus lágrimas mojaron mi hombro.

—Necesitaba hablar con alguien. No podía más —se justificó.

—Por favor, no llores.

Le acaricié las mejillas para borrar el rastro de aquella tristeza que también a mí me partía el corazón. Las lágrimas, como el amor, aspiran a ser recíprocas.

—No llores, Irina. No soporto verte llorar así.

La abracé más fuerte y permanecimos así mucho rato, compartiendo el silencio. De vez en cuando, ella suspiraba y yo apartaba de su frente un mechón de pelo.

—Estos días he leído una novelita de Dostoyevski que parece escrita para mí —dijo al cabo de mucho rato—. Se llama *Noches blancas*. Describe muy bien la locura de enamorarse de la persona equivocada. El amor parece cosa sabida cuando lo lees en un libro. Cuando te enamoras ves con tus propios ojos que nadie puede aconsejarte, que tienes que decidir por tu cuenta. Ojalá tu padre fuera como tú, Sanya. Ojalá fueras tú.

—¿Sanya?

—Sanya es lo más cariñoso que se le puede llamar a un Alejandro.

—Ah, vaya. Pues gracias. Nunca había tenido tantos nombres. ¿Y tú? ¿No tienes diminutivo?

—Mi padre solía llamarme Irinushka.

—Irinushka... —repetí—. No está mal.

Las palabras no nos hicieron falta hasta muchas horas después. Nos quedamos quietos como estatuas. O tal vez nos dormimos durante un rato. Fue Irina quien abrió los ojos y se dio cuenta de que la oscuridad del cielo empezaba a diluirse en los primeros azules del amanecer.

—Será mejor que nos vayamos a dormir —dijo.

Me desentumecí y recorrí el camino hasta la puerta con la seguridad de un ciego. El llanto y el sueño la hacían parecer una niña.

Había muchas estrellas en el cielo.

—¿Sabes lo que dicen en Rusia? Que Dios hace añicos la Luna para hacer con ella estrellas. Me lo contaba mi abuela cuando era niña.

Pareció recordar algo.

—¿Quieres saber lo que habría opinado de esto mi abuela, si estuviera viva? —añadió, apoyándose en la puerta entreabierta.

Hacía frío fuera.

—Era una mujer muy supersticiosa. Creía que al diablo le gusta pasear cerca del agua y meterse en los libros que alguien se olvidó de cerrar. Estaba convencida de que las setas no crecen cuando las mira un humano. Le temía al trueno, a los pelirrojos, a los gatos negros y a no sé cuántas cosas más. Nada de todo eso es muy extraño en una rusa como ella, de la vieja estirpe: creyente, devota, amiga de predicciones... ¿Te extraña todo esto de mi abuela?

Nada podía extrañarme de Liudmila Vasílievna. Apenas la había conocido.

—¿Sabes lo que habría opinado ella de todo esto? —repitió Irina—. Que todo me pasa porque he perdido el anillo.

«Anillo»: una palabra con el poder de disparar los latidos de mi corazón.

—¿Qué anillo? —disimulé.

Me quedé helado mientras Irina, con su particular don, me contaba la historia de un talismán que había llegado a su familia después de pertenecer a grandes hombres desde hacía más de dos siglos. Un anillo con un poder sensacional: el de librar a su portador del mal amor.

—Y yo lo he perdido, soy un desastre —concluyó—. Menos mal que mi abuela no puede verlo. Hubiera sido la peor noticia de su vida

DESPUÉS DE LA REVOLUCIÓN

de 1917, en que los bolcheviques destituyeron y asesinaron a los zares de Rusia, empezó la etapa socialista. Las ideas de Marx y los sueños de Lenin crearon una nación única: la URSS, que se mantuvo durante más de ochenta años, hasta su disolución en 1991. Sin embargo, lo que debía ser un sueño realizado —la equiparación de los derechos de todos los ciudadanos, la abolición de los privilegios que sólo favorecían a los más ricos, y hasta la desaparición total del dinero— se convirtió en un infierno en manos de uno de los dictadores más irracionales y sanguinarios de la historia: se llamaba Iósiv Visariónovich Dzhugashvili. Gobernó, despótico como un zar, entre 1924 y 1953, pero lo peor empezó en 1930. Se le conoció como Stalin.

Stalin cometió el peor de los pecados que puede cometer alguien cuando cree en una idea: querer imponerla a los demás. Apoyó a quienes le dieron la razón e hizo desaparecer a quienes no estuvieron de su parte. Dictó las normas que debían regir a toda la sociedad, también a la cultura y el arte. Decidió sobre qué debían escribir los escritores, qué temas estaban permitidos y cuáles prohibidos. Estableció una censura que supervisó y juzgó el trabajo de los intelectuales. Los que no siguieron sus normas, fueron silenciados. Unos dos mil escritores fueron detenidos en ese período. Un coche llegaba por la noche y se los llevaba de su casa, muchas veces para siempre. Junto a ellos, la policía requisaba todas sus obras: los originales, los libros publicados, los manuscritos... Después de interrogatorios inhumanos, muchos fueron encarcelados sin saber por qué ni hasta cuándo. Unos mil quinientos murieron en las prisiones, en los campos de trabajo o frente al pelotón de fusilamiento. Osip Maldelstam, Isaac Babel, Borís Pilniak. Otros, se suicidaron. No pudieron soportar la situación por más tiempo. A los que dejaron en libertad, les privaron de su vida anterior: les prohibieron publicar, asesinaron a su familia, les mataron de hambre. La vida de los escritores que resistieron a esta situación sin salir de Rusia es una crónica de sucesos terribles. Unos pocos vivieron para contarlo, y lo hicieron con toda la verdad, conmocionando al mundo. Aunque tal vez nunca se sepa a ciencia cierta a cuánta gente condenó a muerte el «camarada» Stalin. A cuántos escritores. Cuántos libros no están en nuestras bibliotecas por su culpa. Cómo habría cambiado nuestras vidas la lectura de esos libros que jamás conoceremos. Cómo habría cambiado el mundo si una sola de esas personas no hubiera muerto.

En 1988, un crítico y escritor llamado Vitali Shentalinski llamó la atención de la opinión pública rusa acerca de la gran cantidad de manuscritos que dormían en los archivos de la policía de Stalin, el llamado KGB. Todos ellos estaban guardados en cajas sobre las que alguien había escrito dos palabras: «Estrictamente confidencial». Gracias al trabajo, que todavía continúa, de ese hombre, muchas novelas, obras de teatro o libros de poemas pudieron llegar a manos de los editores. Hoy, los lectores los disfrutamos. Sus autores murieron, en parte, porque los escribieron. Hoy vuelven a vivir porque alguien ha rescatado sus palabras.

Marina Tsvietáieva fue una de ellos. Mujer liberal, de clase alta, poetisa, espíritu libre y esposa de un soldado de la guardia del zar. Viajó con bastante regularidad en la primera época de su vida. El exilio de su marido, Serguéi Efron, la llevó al extranjero. Al regresar a Rusia con su familia, en el año 39, su marido y su hija Ariadna fueron detenidos. Serguéi fue condenado a muerte sin juicio previo y ajusticiado en algún lugar de la ciudad de Moscú, junto con otros 135 prisioneros. Luego, se le enterró en una fosa común que nunca se ha encontrado. Ariadna tuvo más suerte: fue condenada a ocho años de trabajos forzados. Marina y su hijo Gueorgui, de 16 años, permanecieron en Moscú, en condiciones de extrema pobreza. Llegó la guerra mundial y los alemanes invadieron Rusia. En 1941, después de pasar meses en la miseria, de conocer el hambre, dejar de escribir y hasta solicitar trabajo como lavaplatos, Marina se ahorcó en un cuartucho alquilado. No había cumplido los 50 años. Poco antes, escribía a una amiga una carta sincera y terrible: «Por mi naturaleza, soy muy alegre. Necesitaba muy poco para ser feliz. Mi mesa. La salud de los míos. Cualquier clima. Toda la libertad. Y nada más. Pero obtener a este precio esta mísera libertad, no sólo es cruel, es estúpido. Me avergüenzo de estar viva todavía. Así deben sentirse las ancianas centenarias (las inteligentes)». Después de su muerte, Gueorgui fue enviado a un hospicio, y luego se ofreció como voluntario para combatir en el frente, donde le mataron.

De toda la familia, sólo Ariadna, a quien su madre llamaba Alia, sobrevivió. Terminó de cumplir su condena en 1948, pero pocos meses después fue arrestada de nuevo y condenada al exilio de por vida, en una región atroz llamada Krasnoiarsk, en la Siberia boreal. Sólo la muerte de Stalin la liberó, en 1955. Y sólo ella logró liberar la voz de su madre.

Antes de regresar a la capital, Ariadna escribió a todos los amigos o familiares de Marina que quedaban con vida: escritores, editores, críticos. A todos les formulaba la misma pregunta:

—¿Tienes alguna noticia, la que sea, de dónde pueden estar los papeles de mi madre?

Costó mucho trabajo reunirlos todos. Los tenían los amigos de Marina, o quienes fueron sus amigos y luego le volvieron la espalda por miedo a que esa relación les comprometiera. Ariadna fue a visitarlos, uno por uno. También acudió a un instituto literario de Suiza donde sabía que su madre había dejado algunas carpetas con obras que, en su momento, podían costarle la vida. Viajó a Moscú, a Berlín, a Praga, a París... Encontró los textos que Marina publicó en revistas extranjeras durante su etapa de exiliada, localizó ediciones inencontrables, periódicos que habían desaparecido hacía años. Así, gracias a la constancia y el tesón de un trabajo duro que se prolongó durante los veinte años que le quedaban de vida, Ariadna salvaguardó para siempre la obra de la que, para muchos, es la mejor poetisa de su tiempo. Antes de morir, Ariadna escribió un libro biográfico sobre su madre. También recopiló las cartas que pudo encontrar —que fueron muchas, gracias a su magnífico esfuerzo— y entregó a un instituto de literatura soviético algunas carpetas con material, bajo la promesa de que no serían abiertas ni publicadas antes del año 2000. Ariadna Efron Tsvetáieva murió en el año 1975. Todos los que alguna vez hemos leído a su madre, o quienes la leerán alguna vez, tenemos mucho que agradecerle.

Gracias a ella, la memoria de Marina no corrió la misma suerte que la de algunos de sus colegas, no fue frágil como

de los sueños se resquebraja a veces por culpa nuestra, sin llegar a romperse. En eso pensaba mientras regresaba a casa, después de pasar la noche con Irina y no haberme atrevido siquiera a besarla en la mejilla.

Víctor estaba sentado a la mesa de la cocina, tomando una taza de café negro.

—¿Cómo está mi artista incomprendido? ¿Se encuentra su Excelencia en buen estado de salud esta mañana? —preguntó, con todo su cinismo.

—Estoy cansado —contesté.

Mi intención era acostarme, aunque fuera sólo por un rato. Él tenía otros planes.

—¿De dónde vienes?

No respondí. Me detuve, confiando en que el interrogatorio fuera sólo un trámite. De nuevo, me equivoqué.

—Te he hecho una pregunta.

—No te importa —dije, sabedor de que ése era el tipo de respuestas que le hacía enfurecer.

—¿Has dormido en casa de Irina?

Podría decirse así, en honor a la verdad.

—Si ya sabes la respuesta, ¿para qué preguntas? —le reté.

Empecé a subir la escalera.

—Alejandro, ven aquí. Te estoy hablando —vociferó—. Te he hecho una pregunta.

—No es asunto tuyo —dije.

—¿Has dormido allí? ¿Has estado con ella toda la noche? Dime.

Me sentía agotado. No por la noche pasada. Ni siquiera por mi enfermedad. Más bien por la situación.

—¿Qué más te da dónde he estado? Déjame en paz.

Esta vez comencé a subir la escalera sin ningún ánimo de detenerme.

—No vinimos aquí para que persigas a la primera tía buena que se te ponga por delante. Se supone que tienes que descansar.

—¿Y qué se supone que debes hacer tú? ¿O tú sí viniste a perseguir tías buenas?

Aquello le sacó de quicio.

—Alejandro, no te tolero ese tono. Me debes un respeto.

Víctor estaba en lo cierto: aquella era la clave de nuestra relación. Hacía demasiado tiempo que yo había dejado de respetarle.

—El respeto se lo gana cada uno —dije, sin detenerme, dándole la espalda.

Dormí un rato. Me desperté sobresaltado al escuchar el ruido de un motor y vi alejarse, entre un nubarrón de polvo, el coche rojo de Víctor. Si el camino hubiera estado asfaltado, se habría oído el chirriar de los neumáticos. Era su particular forma de acabar con las tensiones. Me eché de nuevo, pero no logré conciliar el sueño. Decidí regresar al abandonado Chéjov, y pasé las siguientes dos horas inmerso en la casa de la señora Ranévskaya, hasta que un criado, viendo cómo todos se han marchado ya, proclama, mirando a su alrededor, «ya no te quedan fuerzas, ya no te queda nada» y el silencio se interrumpe por el sonido de un hacha talando los árboles del huerto.

A la primera que escuché fue a Laurita, la hija mayor de Laura. Salía del coche llamándome a todo pulmón.

—Alejaaaaaaandro. Hooooolaaaa, Alejaaaandro.

Nacho corría detrás de su hermana, moviendo los brazos como las aspas de un molino.

Salí a la ventana y saludé con la mano. A mamá se la veía cansada. También estaba más delgada. Más guapa. Incluso parecía más joven.

—No tienes buen aspecto —fue lo primero que dijo al verme, poniéndome la mano en la frente.

—Yo también me alegro de verte, mamá —bromeé.

Mamá lo miraba todo como lo habría hecho un miembro de la policía científica.

Laura me saludó con un par de besos en las mejillas. Tenía la piel tostada por el sol.

—Hola, Álex. Qué alto estás, por Dios —exclamó.

—A mí también me parece que has dado un estirón en estos días —observó mamá—, ¿te has medido?

El cambio más importante que se había operado en mí aquellos días no era visible a los ojos. No quería hablar de ello delante de Laura.

Almorzamos enseguida. Traían tarteras con comida para un regimiento: arroz, macarrones, lomo empanado y tarta de queso. Aurora había dejado en la cocina unos filetes de emperador a la plancha y unas patatas. Lo compartimos todo sobre la mesa de la cocina. Laurita y Nacho comieron como si llevaran semanas sin hacerlo. Luego, les entró sueño. Les ofrecí mi cama.

—Yo también me echaré un rato —dijo Laura—, así os dejo a solas.

La acompañé hasta el cuarto de Víctor.

La casa quedó en ese silencio lento de la hora de la siesta. Una hora perfecta para charlar.

—¿Se puede saber dónde está tu padre? —preguntó mamá.

—Se ha enfadado conmigo.

La expresión de contrariedad de mi madre me daba la razón en silencio.

—Qué irresponsabilidad —susurró—. ¿Y tiene motivos para estar enfadado?

—Puede. Yo también estoy enfadado con él. Pero yo tengo la razón.

Arqueó las cejas, sorprendida.

—Te veo muy seguro —dijo.

—Lo estoy, mamá. Muy seguro.

Reconocí el sonido de los pasos de Irina sobre el camino mucho antes de que llegara. Como siempre, traía un libro consigo. Y también una disculpa por su comportamiento de la noche anterior, aunque yo consideraba que no había nada que disculpar. Se asomó a la puerta de la cocina. Desde allí no podía ver a mi madre.

—Hola, Sashuk. No está tu padre, ¿verdad? No quiero verle.

—No te preocupes, ha salido.

Si no hubiera hablado tan deprisa habría podido advertirle que teníamos visita.

—Te he traído esto —dijo—. Es un poco triste. Todo lo ruso es un poco triste.

Me entregó un libro: *Un espíritu prisionero,* de Marina Tsvietáieva.

—También quería pedirte perdón por lo de anoche. Qué vergüenza. Lo siento.

Aproveché una breve pausa para decirle que no estábamos solos.

—Irina, está aquí mi madre. Pasa.

Se mostró reticente. Sabía que aquello era una mala jugada para ella, pero no me quedaba otro remedio.

—Mejor me marcho —susurró, reculando un poco.

Sin embargo, fue mamá la que se adelantó.

—Así que tú eres la famosa Irina —saludó—. Yo soy Blanca. Me alegro de conocerte.

Irina la besó en las mejillas y balbuceó un saludo entrecortado.

—Yo también.

Hubo un cruce de miradas: era una de esas situaciones en las que nadie sabe qué decir y todo el mundo tiene ganas de marcharse, pero nadie lo hace. Fue Irina quien se decidió. Le temblaban las manos y le brillaban los ojos como la noche anterior cuando vino a buscarme.

—Encantada, Blanca. Tengo que irme. Sólo he venido un momento a traer un libro a Sasha. Digo, a Alejandro —repitió el ritual de los besos en las mejillas sin dejar de mirarme, y se alejó a paso ligero en dirección a su casa.

—Es muy guapa —sentenció mi madre—. Tienes buen gusto.

El resto de la conversación giró entorno a mil asuntos distintos. La piscina, mi vocación de escritor, el calor que hacía en la ciudad, el día que tenía que volver al médico para que me hicieran una radiografía y hasta de Pacheco, el amigo de mis padres. Todo en esa normalidad un poco impostada de quienes quieren aparentar que todo va bien. Sólo cuando Laura ya se había levantado, y mariposeaba por la cocina en busca de algo con que prepararse un café, mi madre volvió a hablar del motivo que la había traído hasta allí.

—¿Estás seguro de que tu padre volverá a dormir?

Le dije que sí, que siempre lo hacía. Que no debía preocuparse.

—¿Siempre? ¿Quieres decir que ya se ha marchado otras veces? ¿Os habéis pasado los días enfadados el uno con el otro?

—Bueno, más o menos.

Meditó un segundo. Laura nos miraba sin vernos, sentada en los primeros escalones de la escalera, con la taza humeante en la mano.

—Creo que vuestros problemas no me incumben, en este caso. Debes resolverlos tú con tu padre, como yo intentaré resolver los míos cuando llegue el momento.

Debo reconocer que aquella solución me desconcertó. Tal vez porque esperaba que mi madre se pusiera de mi parte.

—Empiezas a ser un hombre, Álex —añadió—. Demuéstralo.

Se marcharon a última hora de la tarde. Víctor no regresó hasta la madrugada. No sé cuál fue su reacción al ver su cama deshecha y un montón de cacharros en el escurreplatos, junto a la pila. Había otros rastros del paso de extraños por nuestro espacio de hombres solos: el chupete de Nacho sobre el banco rinconero. Una cinta de pelo rosa en el baño. Media docena de dibujos infantiles sobre la mesa.

En uno de ellos, se veía una pareja muy sonriente. Ella tenía los labios muy rojos y las piernas muy largas. Él, un bigote tupido, una chaqueta oscura y una batuta en la mano. Eran mamá y Pacheco.

Por la noche, en mi cuarto, Marina Tsvietáieva, la propietaria de una de las biografías más tristes que he conocido en mi vida, sumaba tristeza a mi tristeza con sus versos:

> *Por todo lo que yo te haya hecho, por todo,*
> *mi amor, perdón.*

Ya las cosas, como en aquel huerto inventado, estaban tocando a su fin. De ese modo lento, imperceptible en que siempre terminan las mejores etapas de

LA VIDA

de un hombre o de una mujer puede resumirse en unos pocos nombres propios. Vera. Dmitri. Tamara. *Neonympha dorothea.* Cuatro nombres importantes en la vida de Vladimir Nabokov quien fue, por encima de todo, un solitario.

Su esposa Vera Slónim. Una mujer reservada, poco habladora, capaz de responder con rotundidad a una estupidez dicha por un extraño. Fragilidad y dureza en un mismo ser. Lo que suele llamarse una mujer con carácter. También culta: lectora, traductora. La primera vez que vio a Nabokov fue como asistente a una de sus conferencias en el círculo intelectual de emigrados de Berlín, en 1923. Ambos provenían de familias nobles rusas. El padre de Vera fundó una editorial en Alemania. Nabokov tradujo a Dostoyevski para él y, a ratos perdidos, le retó al ajedrez. Se casó con su hija en abril de 1925. En 1940 emigraron a Estados Unidos, donde a él le esperaba una plaza de profesor de lengua y literatura rusas en la Universidad. Vera fue su ayudante, su lectora, su mecanógrafa, su bibliógrafa, su correctora de pruebas y hasta la salvadora de algunos originales que él quería arrojar al fuego, como los primeros capítulos de *Lolita*, su novela más famosa. Una vez muerto él, fue también la representante más inflexible y a la vez más preocupada porque la obra de su marido alcanzara toda la difusión que merecía. Igual que su único hijo, Dmitri, nacido en Berlín en 1934, que ha dedicado su vida a ordenar, traducir y editar la obra de su padre. Dmitri sigue viviendo en Estados Unidos y aún no ha decidido nada acerca de la única cuestión sin resolver que le dejaron sus progenitores en herencia: qué hacer con *El original de Laura*, la novela que su padre dejó a medio escribir cuando murió. Las órdenes del escritor, que odiaba las obras inacabadas y que era un maniático de la corrección —incluso seguía corrigiendo obras ya publicadas—, dejó bien claro su voluntad: que ese original incompleto fuera destruido. Sin embargo, son tantos los investigadores de la obra de Nabokov para los cuales estudiar esa última obra podría resultar muy valioso, que Vera no se atrevió a deshacerse de él, pero tampoco lo publicó. Dmitri, casi quince años después de la muerte de su madre, y más de veinticinco después de la de su padre, sigue sin decidirse. *El original de Laura* sigue inédita y durmiendo en un archivo.

Tamara. El segundo nombre propio de la lista es inventado. En alguna de sus novelas, Nabokov también llamó Mashenka a su primera novia. En realidad, se llamaba Valentina Shulginá. Cuando se conocieron, ella tenía 15 años y él, 16. Su historia de amor comenzó un verano. Él le prometió que se casarían en cuanto terminaran la escuela. Ella le llamaba loco. El calor del verano era propicio para sus pasiones. Luego llegó el invierno y el frío de San Petersburgo. Se saltaban las clases para verse en parques públicos cubiertos por la nieve. Demasiado frío, incluso para el amor más apasionado. Se escondían en los museos. En el de paleografía, el de historia de la imprenta, el del emperador Alejandro III, el pedagógico, el de carruajes de la corte, el de armaduras y tapices, el de mapas antiguos... En San Petersburgo hay muchos museos, y cualquiera era bueno, porque en todos había calefacción. También iban al Ermitage, donde descubrieron un cuarto de escobas, escaleras y marcos sin lienzo en el que podían besarse sin que nadie les llamara la atención. Aunque siempre les acababan descubriendo, e incluso hubo guardias que amenazaron con avisar a la policía si no se marchaban de inmediato.

Cuando la familia de Nabokov tuvo que escapar de la Revolución y se desplazó al sur del país, Vladimir perdió la pista de su novia. También la familia de ella tuvo que huir, pero Tamara siguió escribiendo cartas a Vladimir casi todos los días. Algunos criados de la familia, que viajaban al sur con la correspondencia recibida en San Petersburgo, le llevaron cartas de ella. Poco después ocurrió lo peor: los bolcheviques triunfaron y los Nabokov se vieron obligados a huir en un barco carguero, en dirección a Constantinopla. El barco se llamaba *Nadezhda*, que significa «esperanza». Fue el último viaje de la embarcación, hundida por los bombarderos alemanes en su siguiente salida. Mientras la familia se alegraba de haber salvado la vida, Vladimir sólo podía pensar en Tamara y en sus cartas, que seguirían llegando durante semanas, quizá meses, sin que nadie las recogiera. Nabokov nunca más volvió a saber de ella ni jamás regresó a su país. Unos pocos años más tarde, escribió uno de sus primeros relatos, titulado *Una carta que nunca llegó a Rusia*, que empezaba así: «Mi adorable, mi muy querida y lejana, me imagino que no habrás olvidado nada en los más de ocho años que dura ya nuestra separación, si es que aún consigues recordar a aquel guarda canoso con su librea azul que ni se molestaba en mirarnos cuando hacíamos novillos para encontrarnos en aquellas mañanas heladas de San Petersburgo».

Neonympha dorothea, el último nombre de esta breve lista, es una mariposa. A los siete años, Nabokov encontró en el desván del palacio de la familia, en San Petersburgo, varios libros alemanes sobre mariposas. Habían pertenecido a su abuelo. Los leyó con avidez. Eran antigüedades, reliquias de bibliófilo imposibles de conseguir. Guiado por el entusiasmo que le produjeron, Nabokov empezó poco después a cazar mariposas y a compararlas con los dibujos de sus libros. Siguió leyendo: revistas especializadas, manuales ingleses. Empezó a dominar el vocabulario de los entomólogos y lepidopteristas. Se atrevió a utilizarlo. A los nueve años, cazó en su finca un ejemplar que le pareció desconocido. Lo llevó a la Universidad. Allí descubrió que se había equivocado y también que existían especies de mariposas que jamás podría encontrar en Rusia. Empezó a acariciar la idea de viajar a otros países, a otros continentes, con la finalidad de ver y cazar a sus animales favoritos.

Una vez le dijo a un entrevistador: «Yo no elegí a las mariposas. Ellas me eligieron a mí».

Con los años, sus sueños se fueron cumpliendo: cazó mariposas en diversos continentes. En una ocasión llegó con su cazamariposas muy cerca de la frontera española: hasta Perpiñán. Escribió algunos estudios sobre lepidópteros, tan rigurosos que se publicaron en prestigiosas revistas científicas. Incluso llegó a descubrir varias especies. Una de ellas, oriunda de California, incluso lleva su nombre: *Eupithecia nabokovi*. Aunque la primera fue muy especial: en 1942, Nabokov y su mujer debían viajar a Standford, donde el escritor ofrecería una lectura de su obra. Una empleada de la Biblioteca Pública de Nueva York, llamada Dorothy Leuthold, se ofreció a llevarles hasta Standford en su coche. La pareja aprovechó esa escapada para visitar el Gran Cañón, y fue allí donde, de manera casual, Nabokov observó y capturó una mariposa que le pareció diferente. Cuando la estudió más a fondo, y vio que, realmente, se trataba de una nueva subespecie, la bautizó en honor a Dorotea, la mujer que tan amablemente se había ofrecido a acompañarles: *Neonympha dorothea*.

Años más tarde dio un paso más y en una de sus novelas se atrevió a inventar especies que nunca habían existido: la *Colias verae*, la *Verina raduga* o la *Verina verae*. Todas las mariposas ficticias tienen un detalle en común: un nombre que siempre rinde homenaje a Vera, la mujer de su vida. *Verina raduga*, por ejemplo, significa en ruso «el arcoiris de Vera». En las dedicatorias que le escribió a su esposa le gustaba dibujar sus mariposas imaginarias y pintarlas con lápices de colores. Son preciosas. Los libros que las contienen son buscados por bibliófilos de todo el mundo, y han alcanzado precios muy elevados en algunas subastas. Nunca hubiera podido imaginar su creador que una mariposa que nunca fue real pudiera cotizarse tanto.

Aunque puede que no se hubiera sorprendido demasiado.

Después de todo, la imaginación es una forma de memoria, solía

RECORDAR

la última vez que conversé con Irina en la biblioteca todavía me produce desasosiego. Me impresionó ver todos los muebles cubiertos con sábanas. No me atreví a preguntar cuándo se marchaba. Era evidente que pronto.

—Te he traído un regalo —anuncié.

Puse en sus manos mi cuaderno, repleto de mis notas, mis versos, mis primeros escritos. Después de todo, siempre le había pertenecido.

—Sasha… Sanya… No sé qué decir. Nunca me habían regalado algo tan especial.

Las cajas con los libros estaban cerradas y etiquetadas. Listas para su viaje. Todos salvo los dos anaqueles que yo podía leer.

—He pensado en dejar la llave a Aurora. Ella te la entregará siempre que se la pidas, así podrás continuar leyendo. No quiero interrumpir tu formación. ¿Sabes? Hay tres cosas que una mujer puede hacer por un escritor ruso. Puede mantenerlo. Puede creer sinceramente en su genialidad. Y, finalmente, puede dejarlo en paz. Yo puedo hacer las tres: te mantengo con libros, creo en ti y te dejaré en paz pronto.

—¿Yo soy un escritor ruso?

—Ah, Alejandro Victorovich, eso dependerá directamente del volumen de lo que usted escriba. Cuando sus obras superen los doce tomos, empezaré a considerarle un escritor ruso.

Reímos, pero yo tenía ganas de llorar. No quería que se marchara. Tampoco quería llorar. Nada de lo que me salía en presencia de Irina se parecía a lo que deseaba hacer.

—Me debes la historia de los libros viajeros —le recordé, aferrándome a lo último que me quedaba.

—Tienes razón. La dejaremos para mañana, para la próxima vez. Así nos aseguramos algo que decir.

No me habló de mi madre. No me habló de Víctor. Me pidió que la acompañara al desván. Dijo que a ella le daban miedo las ratas. A mí también, pero disimulé. Por fortuna, entre las ropas raídas de Liudmila Vasílievna, los muebles y los electrodomésticos olvidados entre capas de polvo, nada dio señales de vida. Irina rescató de un rincón una maleta enorme. Una lluvia de pequeños objetos se diseminó por el suelo mientras lo hacía: marcos con fotografías, pisapapeles, zapatos viejos... aquel lugar era un caos absoluto.

—¿Qué voy a hacer con todo esto? —preguntó ella, llevándose una mano a la frente y mirando a su alrededor, con aire de impotencia.

—¿Ya has decidido qué harás con la casa? —inquirí.

—No creo que sea buen momento para decisiones tan importantes —fue toda su respuesta.

—¿Y *Raskólnikov?*

—Ah, él no es problema. Se lo lleva Aurora para un hijo suyo.

Me propuso que me quedara a cenar. Preparó una pizza en cinco minutos, y nos la comimos sentados en el suelo de la biblioteca, sin encender la luz. Esta vez no hubo lágrimas, ni sueño, ni silencio. Tampoco hubo ningún brazo sobre sus hombros. Ni nada.

—No te vayas de vacío —me dijo mientras me dirigía a la puerta.

Marina Tsvietáieva había vuelto a su lugar. En mis manos, Irina puso dos nuevos libros: *Poemas*, de Alexander Blok, y *Petersburgo*, de Andrei Biely.

—Blok es un poeta simbolista. Biely, su mejor amigo. Lucharon mucho por su amistad. Los dos vivieron en Píter.

—¿Píter?

—Así llamamos los de San Petersburgo a nuestra ciudad. Verás cómo después de leer a Biely, también tú la considerarás tuya.

Aquella noche, Irina me acompañó hasta la puerta.

—Estoy segura de que llegarás muy lejos como escritor —dijo—. Te deseo toda la suerte del mundo.

—Te estás despidiendo de mí para siempre, Irina —observé.

Sonrió. Me acarició la mejilla. Cerró la puerta.

Dormí mal, despertándome de vez en cuando. Realicé un par de expediciones al baño, sin grandes resultados. La cena me había sentado mal. Me levanté mucho antes que los otros días. Algo me impulsaba a recorrer a grandes zancadas la distancia hasta casa de Irina. Era el desasosiego por lo que se presiente casi como una certeza, pero también el sentimiento de culpa: en mi bolsillo llevaba, por fin, el anillo. Debí devolvérselo mucho antes.

Llamé con insistencia. Esperé un poco. Volví a llamar. Nadie me contestó. La casa estaba vacía.

También yo.

«El libro de la vida ha pasado página», dijo

EL POETA

Alexander Blok confesó poco antes de morir haber mantenido aventuras amorosas con más de trescientas mujeres. En cambio, también dijo haber amado sólo a dos: a Liubov —su mujer— y a todas las demás. Mi padre dijo algo parecido en la ambulancia donde murió, pero ahora no quiero hablar de mi padre, sino de Blok, del hombre atormentado, alcohólico, mujeriego y gran poeta que un día escribió a su madre y le contó: «Qué frío hace a mi alrededor. La vida se organiza como si todo el mundo me hubiera abandonado, como si nadie me hubiera amado nunca. Vivo en una isla fría y desierta. La gente que tiene corazón nunca viene hasta aquí».

Es posible hablar de las personas a través de quienes les amaron, incluso de quienes les odiaron. Por eso al hablar de Blok hay que referirse por fuerza a Luibov Dmitrievna Mendeleyeva y a Andrei Biely. Luibov fue la mujer de su vida, alguien que le conocía desde la adolescencia y que le amó pese a sus devaneos e infidelidades. Biely fue su mejor amigo, aunque pasaron largas temporadas separados. Es única la historia de cómo estos dos hombres —admiradores el uno del otro, escritores ambos— hicieron lo posible y lo imposible por conservar su amistad frente a cualquier circunstancia externa, incluso las más complicadas.

Biely era el seudónimo de Borís Bugaiev. Lo adoptó, solía decir, para no cubrir de oprobio el apellido paterno. Biely, en ruso, significa blanco. Su amistad con Blok —tenían la misma edad: los dos habían nacido en 1880— fue especial desde el comienzo: ambos sabían del otro gracias a amigos comunes. Biely había leído el primer libro de poemas de Blok, *La hermosa dama*, dedicado a Liubov, una estudiante de Filología de quien estaba enamorado. De pronto, ambos decidieron conocerse. Blok escribió a Biely. Biely escribió a Blok. Las cartas salieron el mismo día.

Poco después, Blok se casó con Liubov. La primera vez que el nuevo matrimonio invitó a su casa a Andrei Biely, ocurrió algo inesperado: Biely se enamoró de la mujer de su amigo. Otro sentimiento que no habría de interrumpirse a lo largo de su vida.

Cuando, muchos años después, Biely escribió sus recuerdos, dijo que había intentado por todos los medios separar a Liubov de Blok. Sin embargo, nunca lo consiguió. En una ocasión, los dos amigos casi llegaron a batirse en duelo por ella. Liubov, sin embargo, quiso permanecer junto a Blok, aunque se fue convirtiendo poco a poco en una mujer muy distinta a la que se casó con él. Lo que nos sucede en la vida, especialmente lo que nos hace daño, tiene la facultad de cambiarnos. Y Liubov había sufrido mucho al lado del poeta: sus aventuras amorosas constantes, sus borracheras, sus depresiones... Se había vuelto una mujer fría, entregada a su trabajo en el teatro y a sus amistades. Mientras tanto, Biely escribía su mejor novela, *Petersburgo*, y se escondía tras la personalidad de uno de los personajes, enamorado de por vida de una mujer inaccesible.

Y es que Biely tuvo muy mala suerte con las mujeres. Se casó con una sobrina nieta de Iván Turguéniev, llamada Asia Turguénieva, pero ella le abandonó al poco tiempo. Y Liubov no le correspondió ni siquiera después de morir Blok, cuando él volvió a declararse. No le faltaron admiradoras, y algunas le confesaban su amor por escrito, pero nunca llegó con ellas a nada: las conocía, le interesaban, luego dejaban de interesarle y volvía a quedarse solo. En una carta a un amigo escribió: «Recuerde esto: ninguna mujer ha amado nunca a Andrei Biely. Para Biely, nunca ha existido ninguna mujer».

Lo que más me gusta de la amistad entre Blok y Biely es cómo cada uno de ellos fue, en cierto modo, el responsable de lo mejor que le ocurrió al otro. A pesar de sus continuas peleas, de las largas temporadas de separación —que siempre acabaron gracias al esfuerzo de uno de los dos— o de sus profundas divergencias, a pesar de la decepción que para Biely supuso el estilo de vida de Blok y a pesar del pesimismo de Blok, que le hacía relativizar cualquier problema, ambos lucharon por el otro hasta el final. En 1912, Biely acepta dirigir en Moscú la editorial Musaget, donde al poco tiempo publicará uno de los mejores poemarios de Blok. A su vez, Blok resultó decisivo cuando, en 1919, su amigo estaba terminando de escribir *Petersburgo*. Si no le hubiera mandado una suma de dinero suficiente para mantenerse una temporada, Biely no habría podido terminarla. Por si eso fuera poco, Blok llevó personalmente la novela de su amigo a una editorial de prestigio, que la publicó poco después.

Llegaron los años difíciles, después de la Revolución. Años de hambre, de miseria, de racionamiento. Biely no podía escribir porque la tinta se le helaba en el tintero y no le quedaba leña ni dinero para comprar más. Por las noches, Blok se vestía de frac. No tenía otra prenda que ponerse para combatir el frío. Lo había vendido todo: los muebles, los libros, cuanto le quedaba. Sólo pensaba en marcharse, pero el permiso del gobierno para abandonar el país no llegaba. Al fin lo hizo, pero demasiado tarde: el día antes de su muerte, el 7 de agosto de 1921. Su féretro tuvo que exponerse en una habitación completamente vacía. Tampoco había periódicos donde publicar la esquela. La defunción se anunció en una nota manuscrita, pegada en la puerta de su casa. Lo último que Biely pudo hacer por su mejor amigo fue llevar su féretro hasta el cementerio. Pocas semanas antes, Blok había escrito sus últimas e inquietantes palabras: «Deja de darme nombres diferentes. Sólo tengo un nombre. Deja de buscarme por doquier. Estoy ante ti».

Biely vivió trece años más que su amigo. Al principio, sumido en una profunda depresión. Algunos de sus amigos afirmaban que se la quitó visitando salones de baile. Viajó algo —Berlín, Praga...— y regresó a Rusia, a un lugar cercano a Moscú, donde murió de una insolación en enero de 1934. Su amiga Marina Tsvietáieva, que se encontraba en Praga, leyó la noticia de su muerte en el periódico. De inmediato, se sentó a evocar por escrito los recuerdos que guardaba de él. Al texto resultante, sincero y conmovedor, lo llamó *Un espíritu prisionero*. Más de una década antes, Biely le había dedicado a ella uno de sus poemas, ya publicado en su libro *Después de la separación*; sólo que Marina no lo

SABÍA

que tu curiosidad y tu amor por mí te traerían a este libro del que tanto te he hablado. Lo sabía. Por eso dejo esta carta entre sus páginas. Para que la encuentres cuando yo me haya ido y sepas algunas cosas que no me he atrevido a decirte cara a cara. Hay cosas que deben decirse por escrito, tú debes de saberlo mejor que nadie.

Si piensas que no me he ido, sino que he huido, estarás en lo cierto. Ya no tengo nada que hacer aquí. Mi abuela está muerta y mi traducción, terminada. Aún así, podría quedarme, disfrutar de la calma de este lugar y de tu compañía, Sanya, de tu impagable compañía. La verdad, no sé qué hubiera sido de mí sin ella, estos últimos días. Sucede, sin embargo, que no tengo calma para nada y no la tendré mientras no deje atrás este verano, esta casa y a la persona que me ha partido el corazón. Enamorarse de la persona equivocada es un riesgo del que nadie está exento. Ahora no hay remedio, no sirve de nada lamentarse.

Para agradecerte todo lo que has hecho por mí, tomo prestadas unas palabras de Dostoyevski, de este libro que tienes en las manos. Sé que a él no le importará y a ti tampoco: «Le agradezco a usted su amor. Ha quedado impreso en mi memoria como un dulce sueño, un sueño de esos que uno recuerda largo rato después de despertar».

No te suenen extrañas. Salvo ese trato de usted que hoy nos suena tan ajeno entre personas de nuestra edad, reflejan muy bien la situación. A todas las mujeres nos halaga un amor como el tuyo. Creo que he sido un poco ciega y un poco idiota, pues nunca sospeché que fuera tan intenso ni tan maduro. Descubrirlo en las páginas —sinceras, valientes, desgarradas— de tu cuaderno me produjo mucha alegría y también un poco de tristeza. Me hubiera gustado descubrirlo de otro modo. He aquí otra cosa contra la que tampoco hay nada que hacer. Te agradezco que me dejaras leer tus versos, tus notas, tu primer cuaderno de escritor. Y te agradezco también ese sentimiento que no supe descubrir a tiempo y que no he podido corresponder, como sin duda merecías. Pienso ahora que, de haberlo sabido antes, me habría asustado su intensidad y tal vez me habría alejado de ti. A las mujeres nos asusta que nos quieran demasiado, ¿no lo sabías? En el fondo, somos muy contradictorias. Sólo espero, Sanya, no haberte hecho daño y haber dejado en tu vida algo más, además del dolor de haber amado en balde.

También aquí y ahora debo hablarte de libros: de todos aquellos que no has leído aún. Quiero que te los lleves. Son tuyos. Aurora te ayudará a empaquetarlos, para que no te fatigues demasiado. Así me recordarás cada vez que abras uno de ellos, y no precisamente porque fui la primera mujer ciega y torpe que se cruzó en tu camino.

Quería contarte también que, por ahora, he decidido conservar la casa. Como te dije en el desván, no es el momento de tomar decisiones. Confío en que el dinero que tengo y el fruto de mi trabajo sean suficientes para mantenerme en Píter. Y, si no, regresaré a este lugar, daré paseos matutinos, contrataré a una cocinera y me convertiré en una vieja gruñona como Liudmila Vasílievna.

Por último, quiero hablarte del futuro. Te escribiré tan pronto como me vea con fuerzas. No quiero despedirme para siempre, pero no te enfades si te digo que habrá de pasar algún tiempo antes de volver a vernos. De eso no tienes la culpa, desde luego. Ninguno de los dos la tenemos. Estoy segura de que te va a ir muy bien en la Literatura. Desbordas pasión y tienes talento. Trabaja, es el mejor consejo que puedo darte. No descuides tu don. Escribe cada día. Escribe de cualquier cosa, a cualquier hora. Escribe

pensé que mamá estaba con Víctor porque no tenía nada mejor. Durante los días en que estuvo sola, mi madre salió bastante. Y no sólo con Laura.

Después de aquella visita de mamá y de la marcha de Irina, las cosas se hicieron insostenibles. Mi padre estaba intratable pero lo disimulaba estudiando. Yo me pasaba el día encerrado en mi cuarto, leyendo libro tras libro. La tensión llegó al extremo de que, con tal de no vernos las caras, ninguno de los dos probábamos bocado. Lo cual, como no es de extrañar, nos valió una buena regañina de Aurora, que a estas alturas ya debía de tener de nosotros una opinión nefasta.

—Los hombres solos siempre dan problemas —la oíamos farfullar.

Tres días después, Víctor resolvió regresar a casa. Estuve de acuerdo en que era la única solución razonable. Durante las casi cuatro horas de viaje, ninguno de los dos pronunciamos palabra y si logramos evitar el silencio fue gracias a la sinfonía *Leningrado*, de Shostakovich, que mi padre llevaba en el coche y que reflejaba bastante bien nuestros respectivos estados de ánimo. Lo peor era saber —y los dos lo sabíamos— que esta vez no se trataba de un enfado pasajero, de una diferencia entre padre e hijo, sino de algo mucho más profundo, una grieta que había crecido entre los dos y que ya nunca más volvería a cerrarse.

Sentí una extraña alegría durante la cena, mientras mi madre, con pose de indiferencia, refirió algunos detalles que parecían casuales de sus citas con Pacheco, a quien ahora, por cierto, llamaba sólo Luis. Nunca antes se había referido a él por el nombre de pila. El pobre Pacheco parecía interesado de verdad en ella, pero mamá sólo buscaba despertar en su marido el monstruo de los celos. Y lo consiguió.

—He puesto tus sábanas antialérgicas en la cama de invitados —le dijo.

Víctor estaba tan estupefacto que apenas encontraba qué decir.

—¿Y esto va a durar mucho tiempo?

—¿El qué?

—Lo de dormir separados.

—No lo sé, cariño. Tal vez no volvamos a dormir juntos. Han pasado muchas cosas —dijo ella, sin conmoverse.

Le estaba dando un escarmiento, como a un niño pequeño. Iba a terminar por perdonarle, como siempre, pero por una vez su forma de actuar era distinta. Por una vez, ella tenía la sartén por el mango.

El último capítulo de mi historia con Irina sucedió sin ella. Fue al día siguiente de su partida, cuando Aurora se acercó a mí y me entregó un paquete.

—Es de Irina. Me pidió que te lo diera.

Era pesado y rígido y estaba envuelto en un precioso papel azul oscuro. Contenía dos cuadernos. Uno de ellos era el mío, aquel que yo le había entregado la última noche. Me lo devolvía después de leerlo. El otro, de tapas de piel negra, estaba por estrenar, y venía acompañado de una nota manuscrita:

Aquí tienes más páginas en blanco que llenar, Alejandro Victorovich. No las malgastes hablando de mí.

Por mi parte, aquel último año antes del salto a la Universidad lo pasé refugiado en la biblioteca municipal, y no porque necesitara estudiar. Siempre fui un buen estudiante, casi sin proponérmelo. Aquel año leí sin descanso, empezando por los libros que me había regalado Irina, siempre sin dejar de preguntarme adónde habría ido, qué habría sido de ella, si se estaría ganando la vida en San Petersburgo, como era su deseo, o habría regresado a España, y por qué nunca me escribía, como prometió.

Cuando al año siguiente me fui a un piso compartido, me llevé los libros. Me matriculé en Filología Eslava. Quería aprender ruso y seguir leyendo a los que ya eran, a esas alturas, mis autores favoritos. Aunque ya no en traducciones de mayor o menor fortuna: en su lengua original, sin intermediarios. Ése fue el legado que Irina hizo a mi vida: decidir, en parte, mi destino. O, por lo menos, una parte de él.

Mi madre ya hacía tiempo que había perdonado a Víctor, pero yo apenas iba por su casa. Sólo cuando era el cumpleaños de mamá o por Navidad, y en todas las ocasiones procuraba pasar allí el mínimo tiempo posible y no quedarme a solas con mi padre. Las cosas por allí seguían más o menos como siempre, salvo que con los años Víctor parecía más apaciguado e incluso más hogareño. No hace falta decir que mi madre estaba encantada con el cambio.

En mi vida tampoco ocurrió nada muy extraordinario. Tuve novias, escribí poemas malos, relatos malos, novelas malas, encontré un trabajo como corrector editorial, conocí a algún editor, a algún escritor de verdad, lo cual no me hizo desistir de seguir escribiendo, y estudiando, y viviendo, y —por supuesto— recordando a Irina; me licencié, conseguí colaborar algunas veces en ciertas revistas, empecé a preparar mi doctorado, trabajé como lector para alguna editorial, cambié de piso, de trabajo, de novia, de estilo, de ciudad, escribí poemas regulares, cuentos regulares, novelas regulares —mis amigos lo sufrieron todo con no poco estoicismo—, me dejé barba, me la quité, me ofrecieron un trabajo en un grupo editorial, hice una prueba, firmé un contrato, estrené un despacho muy estrecho en la quinta planta de un edificio enorme, viajé a media docena de lugares interesantes, me presentaron a una chica que parecía la mujer de mi vida y no lo era —necesité unos meses para darme cuenta—, volví a cambiar de piso, y de estilo, empecé a escribir sobre libros para un periódico, conocí a una periodista que era perfecta en todo, la invité a cenar, defendí mi tesis de doctorado frente a un tribunal, me ofrecieron sustituir a un profesor de ruso en la Universidad y hace apenas una semana, de pronto, encontré en mi buzón de voz un mensaje de mi madre con voz angustiada en el que me comunicaba que Víctor había muerto de un paro cardiaco en la ambulancia que le llevaba al hospital.

—Encontró un atasco —me explicó.

Sobre la cama de mi antiguo dormitorio me esperaban media docena de cartas sin importancia y una postal de

San Petersburgo. Quince años y medio después. La casa estaba llena de parientes que habían venido al entierro de mi padre.

Querido Sanya:

Prometí escribirte pero no dije cuándo. No puedo imaginar cómo eres ahora. Yo sigo traduciendo. Al final, vendí la casa. No me quejo: sobrevivo. Me acuerdo de ti mucho más de lo que piensas. Te busco por las librerías pensando en la rabia que me daría encontrarte: recuerda que debo ser yo quien te traduzca al ruso. Aquí tienes mi dirección. Perdona que haya tardado tanto. La vida despista demasiado. Tuya,

Irina

Tanto tiempo después, aquellas palabras escritas de su puño y letra dispararon los latidos de mi corazón como cuando era un adolescente. Mi propia candidez me hizo sonreír. En el anverso de la postal se veía la isla Vasilievsky en un día de sol, nubes y aguas calmas. Como si fuera una reacción natural, busqué el anillo bajo la camiseta, colgado de la cadena donde lo había llevado siempre. Un aro de oro y una turquesa incrustada, capaces de librar del mal amor, aunque no del olvido.

Al llegar a casa busqué mis cuadernos. El más antiguo, repleto de notas, versos desgarradores y fragmentos de historias que siguen conservando el poder de fascinación de la primera vez. En su encabezamiento escribí: *El anillo de Irina*. Éste fue también el título de mi primera novela publicada. No hubiera podido escribirla sin mi cuaderno, el que ella me regaló, el que yo le entregué como quien entrega su alma aquella noche en la biblioteca; el mismo que ella me devolvió después de leerlo.

Tras todos esos años, el cuaderno de tapas negras de piel seguía vacío. Durante los días que siguieron a la muerte de Victor lo observé mucho, sin atreverme a escribir en él. Los cuadernos en blanco siguen guardando para mí cierto misterio: como si empezarlos fuera también acelerar los sucesos que deben ocurrir antes de ser contados. Otra vez, el anillo me custodiaba.

Una tarde salí a dar un paseo y tomé una decisión repentina: entré en una agencia de viajes y compré un billete a San Petersburgo con escala en Helsinki. Pocas horas después abrí el cuaderno en blanco por la primera página y escribí:

Victor me dijo una vez que tengo facilidad para enamorarme de mujeres tristes...

En mi equipaje de mano, el cuaderno de piel negra compartía espacio con un ejemplar de mi novela. Escribí un buen rato en el avión, para entretener la impaciencia. Esta vez, no albergaba dudas de ningún tipo. Y no pensaba detenerme hasta alcanzar

EL FINAL

de la ciudad de San Petersburgo será bajo las aguas heladas del mar Báltico. Muchos lo han dicho antes que yo. Allí hay agua por todas partes. O hielo, como en la época del año en que yo visité la ciudad, que no habría de fundirse hasta, por lo menos, cinco meses más tarde. Quien visite San Petersburgo no debe temerle al frío, ni a sus consecuencias.

En el avión de regreso recordé las primeras cuarenta y ocho horas en las que me dediqué a caminar sin rumbo fijo. Dar largas caminatas, dicen allí, es un entretenimiento muy ruso, igual que conversar durante horas. La avenida Nevsky, la plaza de las Artes, todos y cada uno de los puentes sobre el río Neva, la plaza del Palacio o el jardín de verano… todo allí tiene un cierto aire de sueño truncado. La ciudad entera es un sueño: el del hombre que la imaginó en ese lugar, en las marismas del golfo de Finlandia, donde hasta ese momento todo era silencio y frío polar, y estuvo lo bastante loco para hacerla realidad.

Me negué a visitar museos, con la única excepción de las salas del Ermitage, donde los sueños nunca se rompieron del todo. Por lo general, no me gusta la vida encerrada en vitrinas. En Rusia tienen una tendencia, para mi gusto demasiado acusada, a conservar las cosas. No me interesa ver el escritorio donde trabajó Dostoyevski, ni la biblioteca de cuatro mil volúmenes que se conserva en la casa de Pushkin, ni tampoco las paredes entre las que murió Blok. No tengo nada que hacer en esos espacios vacíos: a mis escritores favoritos les reencuentro en los libros. Yo fui a Petersburgo para reencontrar a otra persona, a quien, por cierto, no me atreví a visitar hasta el tercer día de vagabundeo sobre la nieve.

Fue entonces cuando busqué su dirección en la postal que me servía como marcador del libro que estaba leyendo. Pensé en tomar el metro en Sadóvaya Sénnaya, pero al fin me decidí por caminar. Era agradable sentir el frío en la cara mientras recorría el malecón inglés. Después de tomar la calle Ulitsa Truda, me guié sin demasiada dificultad por el laberinto de un barrio periférico llamado Nueva Holanda, hasta llegar al que me pareció que era su portal. Un lugar como tantos, sin nada especial. Uno de esos que las ciudades reservan para quienes no son visitantes de paso. Había un gato gris que me miraba desde una ventana del primer piso, atento a mis movimientos. Tuve tentaciones de marcharme. De pronto, todo aquello me parecía una locura.

Una anciana que salía del portal me preguntó si deseaba pasar. El frío me ayudó a decidirme. O entraba de una vez o me marchaba de allí. Cualquier cosa menos permanecer inmóvil en aquella helada. Entré. Subí al segundo piso. Contemplé la puerta durante un rato. No se oía absolutamente nada. Pulsé el timbre con determinación, casi con impertinencia. Mi dedo índice ejecutando la última de las escenas de aquella obra sin sentido. Mi corazón se había disparado. Ya empezaba a preguntarme si alguna vez aprendería a contenerse.

Se abrió la puerta y por la rendija asomó una mirada gris y extrañada. No sé por qué motivo, pero la reconocí al instante. Supe que aquella niña, de rasgos vagamente familiares, era la hija de Irina.

Preguntó qué quería.

—*Shto vy jotite?*

Me interesaba saber si su madre se encontraba en casa.

—*Da* —afirmó.

Le expliqué que era un viejo amigo de su madre y que me agradaría verla. Antes de desaparecer cerrando de nuevo la puerta me pidió que esperara un momento:

—*Podazhdí minutku.*

Pensé que debía de tener unos diez años. En realidad, tenía doce y se llamaba Masha.

Lo primero que recuperé de Irina fue su mirada. Sus ojos irrepetibles, tantos años después, observándome, incrédulos, desde el umbral.

—¿No me conoces? —le pregunté.

El silencio se me hizo eterno. Al fin, ella lo rompió:

—¿Víctor? —lo preguntó igual que se lo habría preguntado a un fantasma.

Ni siquiera me molestó su confusión. En otro tiempo, no sé cómo habría reaccionado.

—No vas mal encaminada. Pero no —dije.

Debo de haber cambiado mucho, con los años, porque le costó decidirse a pronunciar mi nombre:

—¿Alejandro? —abrió unos ojos de asombro.

—Antes me llamabas de otra forma —respondí.

No era sólo mi presencia allí lo que la sorprendió.

—¡Hablas ruso!

—Me defiendo.

Aquel rellano sombrío no me parecía el mejor lugar para un reencuentro. Le pregunté si me dejaba entrar.

—Claro, perdóname —se apartó un poco y extendió una mano, en señal de hospitalidad—: *Zajadí.*

Tres besos en las mejillas, al modo ruso, y un comentario que ya esperaba, a la luz artificial del interior:

—Cómo te pareces a tu padre.

Apenas hablamos de Víctor. No se inmutó al saber que había muerto aquella misma semana. Señaló hacia la niña, que escribía algo en un cuaderno:

—Es Masha, mi hija.

—Ya nos hemos conocido —dije.

Ella sonrió sin prestarme mucha atención.

Había cojines por el suelo y alfombras mullidas. Libros por todas partes. Una mesa cubierta de papeles y una ventana desde la que se veía la nieve exterior. El televisor estaba apagado. De inmediato me sentí allí como en mi propia casa. Después de unos segundos de silencio, Irina lanzó un suspiro:

—Menuda sorpresa, Sashuk. ¿Te apetece cenar fuera?

La propuesta entusiasmó a Masha, quien no lo disimuló en absoluto.

Fuimos en el coche de Irina, un Zhiguli rojo de apenas un par de años, hasta la Petrográdskaya Storoná, la isla donde está la fortaleza de Pedro y Pablo. Allí se encuentra el restaurante favorito de Masha, el *Na zdoróvie!* Fue ella quien eligió el menú —Kulebiaka y pollo a la Kiev—. Zumo de naranja para ella, una botella de vodka Standártanaya para su madre y para mí, y un tema en común, el mismo de siempre. Coincidiendo con los postres, le entregué mi libro. Se emocionó al ver el título. También al leer la dedicatoria que yo había escrito para ella en la primera página.

En aquella cena del reencuentro hablamos mucho de nosotros. De mi madre, que aún no se hacía a la idea de haberse quedado viuda. De mi trabajo en la Universidad y en la editorial. También Irina impartía clases. De la afición de Masha por la música, que hubiera hecho enorgullecer a su bisabuela; de Serguéi, el padre de la niña, de quien se había separado hacía once años.

—Sí, ya sé que es ridículo. Me casé pensando que sabría ser feliz, tuve a Masha y me separé un año después. En fin. Las cosas suceden como suceden, nadie las planea —lo dijo en español, para que Masha no pudiera entenderla.

—¿Y tú? ¿Te has casado? —preguntó.

—Voy a hacerlo dentro de tres semanas —dije—. Se podría decir que ésta es mi última escapada de hombre soltero.

Irina nunca fue mujer de reacciones exageradas. Sirvió vodka y levantó la copa.

—Por que tengas más suerte que yo.

Brindamos. Sus ojos brillaban. Llevábamos media botella cuando me atreví a hacer lo que debí haber hecho quince años atrás.

—Hace mucho tiempo que quiero devolverte algo —dije.

Rescaté la cadena con el anillo que colgaba de mi cuello, bajo la ropa. Traté de explicar los burdos motivos que me habían impedido devolvérselo entonces y que se resumían en uno solo: la quería demasiado como para separarme de algo que le perteneciera. Creo que me entendió y hasta me perdonó. Libré al anillo de la cadena a la que había permanecido unido tanto tiempo y lo deslicé en el anular de la mano izquierda de Irina.

—Lo voy a echar de menos —añadí.

—Me volví loca buscándolo —dijo ella.

Bebió otro trago, en silencio, se acercó a Masha y le susurró algo al oído. La niña se levantó al instante y anunció que debía ir al lavabo:

—*Mñe nado poití v tualet* —antes de alejarse sin ninguna prisa.

Irina sacó un pañuelo y se sonó la nariz.

—No quiero que Masha me vea llorar. No lo entendería —dijo.

Me agarró la mano. Se acercó hasta que las puntas de nuestras narices se rozaron y pude sentir el calor de su aliento. Pareció indecisa durante un instante. Luego cerró los ojos y dejó caer sus labios sobre los míos. Fue sólo un momento, antes de volver a su lugar, mirar hacia atrás por si regresaba Masha, y susurrar:

—Te lo debía desde hace quince años.

Los días que siguieron se hicieron cortos. Visitamos algunos lugares a las afueras de la ciudad, fuimos al cine, paseamos a orillas del Neva sin dejar que la conversación se apagara, recogimos a Masha en el colegio algunas tardes y cenamos con ella todas las noches. Conocí a Serguéi y me pareció un tipo inteligente. Lo suficiente para salir con él un sábado, a beber cerveza y a hablar de Irina y de su trabajo en el hospital. Era médico, además de un padre responsable. Estaba loco por Masha. También brindó por mi inminente matrimonio. Y también me deseó toda la suerte que a él le había faltado.

El último día, Irina dijo que quería llevarme a ver la casa que había pertenecido a su familia. Pasó a recogerme temprano por el hotel. Apenas hablamos durante la hora de camino a través de bosques anaranjados, ocres y amarillos. El paisaje era muy hermoso y en nuestro ánimo ya se percibía la sombra de una nueva despedida.

Se desvió por un camino de tierra que nos llevó hasta un claro del bosque. Era un lugar recóndito, donde reinaban el silencio y la naturaleza. Allí se alzaba la que fue la casa de veraneo de sus bisabuelos, y también su última residencia antes de huir de Rusia camino del exilio. Se adivinaba el esplendor del pasado, pero la casa era ahora tan sólo el fantasma de un tiempo de opulencia: techumbres horadadas, muros repletos de grietas, ruinas por todas partes y mucha vegetación invadiéndolo todo. Sólo la puerta de entrada parecía estar en su lugar. Irina conservaba la llave. Aunque podríamos haber entrado por cualquier otro sitio.

—¿De quién es esta casa ahora? —pregunté.

—Del Estado, supongo —dijo ella—. Hace mucho tiempo que está abandonada. No le interesa a nadie.

Todo crujía bajo nuestros pies. Chirriaban las puertas. En alguna habitación había un hedor insoportable.

—Ya sabemos qué han hecho los últimos visitantes que han estado aquí —dijo Irina.

Todas las ventanas tenían los cristales rotos. Las estancias estaban desnudas, muchas de sus paredes profanadas con pintadas o, simplemente, descascarillada la pintura. Irina guardaba un silencio respetuoso, casi ceremonial.

—Mi abuela me habló tanto de este lugar. Una vez vine sola, pero me asusté y no me atreví a entrar. Me alegro de que me hayas acompañado.

Subimos la escalinata de piedra. En el segundo piso, ninguna estancia conservaba su techumbre intacta. En el mosaico de una de ellas había restos de una fogata. Al parecer, la casa había cobijado recientemente a algún grupo de excursionistas. Irina me guiaba:

—Éstas eran las habitaciones del servicio. Mi bisabuela ni siquiera se acercaba a la cocina. En la casa había cocineras, planchadoras, niñeras y hasta mayordomo. En el piso de abajo dormían mis bisabuelos y sus cuatro hijos. Había también dos habitaciones de invitados. La de Liudmila debía de ser ésta.

Estábamos en una alcoba amplia, separada de otra estancia por una arcada de piedra. Las paredes conservaban restos de pintura de color malva. El ventanal daba al antiguo jardín trasero, convertido ahora en una enmarañada selva.

—Para el final he dejado lo mejor —Irina bajaba los escalones a toda velocidad—, qué pena que Masha no haya venido.

Recorrimos parte del pasillo de la planta baja hasta la cocina, que dejamos atrás. Un giro a la izquierda, otro pasillo —invadido de cascotes— y una vieja puerta de madera, que sólo conservaba una hoja arrancada de sus goznes y hecha astillas, nos dio la bienvenida.

—La biblioteca —anunció Irina.

Era una sala cuadrangular, muy espaciosa, presidida por tres altos ventanales.

—Aquí aprendió a leer Liudmila Vasílievna. Y aquí mi bisabuelo Vasili tomaba todos los días su clase de esgrima.

Se lo tomaba muy en serio. Creo que incluso pensaba en competir.

—¿Esgrima en la biblioteca?

—Le gustaba practicar entre sus diez mil libros. Además, no había otra estancia lo bastante grande.

—Diez mil libros —recordé, mirando las paredes vacías.

—A saber qué vándalos los robaron y qué hicieron con ellos —susurró.

El sol entraba a raudales por los ventanales. Allí donde en otra época estuvieron los anaqueles repletos de libros, se dibujaban ahora tres óvalos amarillos que se superponían a las pintadas multicolores y a las grietas de los muros. Me detuve a mirar la luz. La misma que había permitido leer a Liudmila o había asistido a las lecciones de esgrima de Vasili, y que ahora era testigo del último acto de nuestra historia. El tiempo parecía pasar muy lentamente. Al pie de la ventana, vuelta hacia el exterior, Irina observaba el anillo, y murmuraba:

—Todo saldrá mejor a partir de ahora.

Regresé a casa al día siguiente. Cuando Irina me dio un abrazo de despedida, procuré olerla con todas mis fuerzas. Puede parecer una tontería, pero el olor es lo único que no podemos retener de las personas que alguna vez hemos amado. Estreché sus manos. Las tenía heladas. Las mías, en cambio, estaban calientes. Me pareció que quería llorar, pero no lo hizo. También me pareció que quería decirme muchas cosas, pero sólo pronunció una frase:

—Qué pena del amor a destiempo, Sanya.

* * *

En el avión de regreso busqué de nuevo mi cuaderno. Durante los días que pasé en San Petersburgo, no lo necesité ni una sola vez. «Hay un tiempo para vivir y otro para escribir», me dije, mientras lo abría y empezaba la historia que, de algún modo, cerraba aquel viaje. Pensé que iba a resultar muy difícil averiguar si se trataba de un hecho real o de un cuento surgido de mi imaginación, pero resolví que tal vez este detalle no tenía importancia. La realidad y la ficción se confunden a menudo. Por lo menos, en las buenas historias. Y ésta lo era. Era

LA HISTORIA DE LOS LIBROS VIAJEROS

tantas veces postergada y, al fin, desvelada; la que Irina tardó tantos años en explicarme, la historia de la pasión de dos hombres, la historia de algunas circunstancias.

Desde hace algunos años soy profesor en la Universidad. Hace poco, el rectorado resolvió bautizar una de las salas del departamento de Lengua y Literaturas Eslavas con el nombre de «Sala Ratushínskaya», en honor a la familia que donó todos los fondos que en ella pueden consultarse: más de catorce mil libros. Aunque quienes trabajamos en la Universidad, siempre tan amantes de los buenos relatos, preferimos llamarla de otra forma en honor a lo que sucedió antes de que llegaran aquí.

La historia empieza con el rostro de una joven e ilusionada Liudmila Vasílievna: ella sabía que era incapaz de enamorarse de un hombre que no amara los libros.

El exiliado Dmitri Ivánovich solía decir a sus amigos:

—Si deseáis ser bien tratados en mi casa, traed libros. No queremos vino, ni postres, ni absurdos juguetes que los niños abandonarán enseguida. Nada es aquí más apreciado que los libros.

Quienes le conocían procuraban contentarle. Dmitri Ivánovich no perseguía el valor de un ejemplar único, ni era amigo de ediciones demasiado ostentosas. Respetaba por encima de todo las ideas que los libros preservaban aunque no era insensible a la belleza de algunos ejemplares.

Si la vida le hubiera facilitado esa carambola imposible, Dmitri Ivánovich hubiera sido inmensamente feliz conversando de literatura y libros con la única de sus nietas que heredó sin fisuras su pasión. Cuántas generaciones de descendientes directos de una misma familia que nunca llegarán a conocerse habrían sido felices compartiendo ínfimas e infinitas cosas en común.

El exiliado Dmitri Ivánovich tenía muchos amigos que, como en peregrinación, acudían a visitarle a la casona de piedra de su aldea soriana siempre que le necesitaban —y la situación de Dmitri Ivánovich en la embajada le hacía muy propicio a la necesidad de sus compatriotas—. Él les ofrecía un almuerzo opíparo, regado con mucho vodka y mucha cerveza, una sobremesa interminable, donde las historias se desgranaban sin esfuerzo, y todas las comodidades de la mejor habitación de la casa, que Nora se había encargado de preparar. En pago a su hospitalidad, los amigos de Dmitri Ivánovich —que venían de todas partes—, aportaron a su biblioteca docenas de ejemplares.

—Cada uno de estos libros tiene su propia historia, y yo las recuerdo todas —solía decir.

A Dmitri le gustaban los placeres sensoriales que le proporcionaban sus libros: los acariciaba, los olía. En cierto modo, los trataba como si fueran seres vivos:

—Bienvenido a casa. Vamos a buscarte un lugar —murmuraba, a veces, con un ejemplar nuevo entre las manos.

Ponderaba los detalles más nimios de la edición:

—Qué hermoso color el de la tela de esta cubierta.

O lamentaba detalles que nadie sino él habría percibido:

—Qué contrariedad: algún lector anterior ha doblado el extremo de una página, seguramente para recordar dónde debía seguir leyendo.

O se entretenía examinando con su lupa las ilustraciones, la tipografía, las capitulares doradas, las cintas que servían de punto de lectura.

—Ésta está algo deshilachada, qué lástima…

Los amigos de Dmitri Ivánovich eran expertos rastreadores de libros. Algunos de ellos, como el conde Denís Denísovich Omlédov, vivían de la compra de viejas bibliotecas, especialmente de aquellas que fueron abandonadas en Rusia cuando sus propietarios se vieron obligados a huir. El personaje tenía algo de siniestro: ostentaba una larga melena de pelo canoso pese a que ni se acercaba a los cuarenta, era tan alto que incluso Dmitri Ivánovich tenía que levantar la cabeza para hablarle y vestía, en cualquier estación y circunstancia, de negro riguroso.

El abuelo de Irina solía preguntar al conde Denís Denísovich por los diez mil libros que su suegro tuvo que abandonar en su casa de campo, cerca de San Petersburgo.

—Una biblioteca notable —respondía el conde—. Muchos deben de andar aún tras su pista. Aunque yo nunca he tropezado con un solo ejemplar que llevara la firma de tu suegro. Olvídate. La casa fue saqueada. Debieron de quemarlos en mitad del bosque. O abandonarlos. Qué importan los libros a animales como ellos.

Dmitri Ivánovich nunca le creyó. Tal vez porque se negaba a admitir que el destino de aquella biblioteca fabulosa, de la cual su esposa le había hablado centenares de veces, hubiera sido el fuego o la lenta mordedura de la intemperie. O tal vez porque sabía que Denís Denísovich mentía de un modo muy convincente cuando era necesario.

Además de libros, Denís Denísovich traía muchas historias con las que amenizaba las sobremesas de la familia.

—Me han contado que, en cierta ocasión, Vladimir Nabokov encontró en la Biblioteca Pública de Nueva York un ejemplar que había pertenecido a la colección de su padre, marcado con su exlibris y su firma. No lo reclamó: lo dejó donde lo había encontrado. «Un libro que ha recorrido tal distancia, bien merece descansar», afirman que dijo.

Los libros que llegaban a la biblioteca soriana de Dmitri Ivánovich también habían recorrido largas distancias.

—Se lo he comprado a uno de los libreros de lance del Quartier Latin, en París. Allí viven algunas de las personas más adictas a los libros del mundo. Y casi todas regentan una librería. Si se tiene un poco de paciencia para revolver en sus anaqueles repletos de volúmenes, se pueden encontrar verdaderas joyas —decía alguno de los visitantes.

Dmitri Ivánovich sólo conservaba un libro anterior a su llegada a Soria: una edición, encuadernada en piel, de la poesía completa de Pushkin, que había logrado meter en su única maleta. Había viajado con él desde Besarabia, siguiendo la ruta de Odesa, Kiev y Nizhnig Novgorod hasta Moscú, y de allí al exilio, pasando por Ginebra y Munich antes de llegar a París.

—Hasta que conocí a tu abuela, este libro fue mi único compañero de viaje —habría dicho a su nieta Irina de haber podido hacerlo, como se lo dijo a tantos otros a lo largo de toda su vida.

También solía decir:

—El hombre se hizo sedentario para tener libros.

Tal vez por eso, aquel libro que, pese a su atribulada existencia, no se veía desgastado ni viejo, ocupaba un lugar principal en su biblioteca. No condenado al orden alfabético como todos los demás sino singularizado en un atril de pie, junto a la puerta, mostrando a los visitantes su lomo de letras plateadas y el brillo de su cubierta. Y cerrado, por supuesto, ya que Liudmila Vasílievna ponía mucho empeño en ello:

—El diablo siempre busca cobijo en los libros que sus dueños se olvidaron de cerrar —decía.

Hasta que Dmitri Ivánovich murió, su biblioteca continuó creciendo. Durante los últimos años, los amigos preferían regalar ediciones nuevas, a veces muy cuidadas, que no siempre surtían sobre su nuevo propietario el efecto deseado:

—Esta imitación de piel no puede ser más fea. ¿Por qué ya no se utiliza la tela para encuadernar?

Por supuesto, también tenía sus preferencias:

—Ah, cómo me gustan las tapas blandas sin plastificar...

O también sus excentricidades:

—Los tipos garamond son los que mejor sientan a mi vista cansada. Escribiré al gremio de editores para que los impongan. Un poco de disciplina no vendría mal a este rebaño de desaprensivos, que publican libros de cocina en tela con sobrecubierta pero dejan a Tólstoi en el papel barato de las ediciones de bolsillo.

Dmitri Ivánovich consumió su pasión por los libros al mismo tiempo que agotaba su vida. Sus últimas palabras antes de morir estuvieron dedicadas a aquello que más había amado en el mundo:

—Que Liudmila no se vea sola. Nunca vendáis mi biblioteca. Y buscad los libros de Vasili.

Tres órdenes que sus descendientes siguieron al pie de la letra, y que nos llevan directamente hasta la segunda de las bibliotecas de esta historia de libros viajeros: aquella entre la que el padre de Liudmila Vasílievna gustaba tomar sus lecciones diarias de esgrima. Aquella que me esforcé en imaginar en las paredes desconchadas de un salón cuadrangular durante la última tarde que pasé en Rusia.

—Mi abuelo murió con el convencimiento de que los libros de Vasili debían de estar en alguna parte —dijo Irina, todavía mirando hacia el exterior desde el ventanal sin cristales, acariciando el anillo con un movimiento mecánico.

Sobre las mismas baldosas resquebrajadas que ahora pisaban mis pies se habían apoyado, casi un siglo atrás, las patas del piano de cola de la familia. En ese piano tomaba lecciones, siempre procurando no importunar a su marido, la madre de Liudmila Vasílievna. El profesor jamás llegaba tarde, y ella era una alumna ejemplar. Los acordes alegraban las mañanas de ese ala de la mansión a todos aquellos que estaban lo bastante cerca para escucharlos.

Nazar, uno de los criados, siempre buscaba algún pretexto para estar lo bastante cerca durante las lecciones de piano de la señora. Las melodías, el suave vibrar de las cuerdas, todo le parecía de una delicadeza a la cual no podía resistirse.

Nazar fue el último en abandonar la casa, igual que hubiera hecho un capitán con el barco que durante tantos años comandó. Nadie como él conocía aquel lugar. Por eso nadie como él lamentó su profanación. Nazar aún estaba recogiendo sus cosas cuando llegó la multitud enfervorizada. Eran muchos, traían armas y se abrían paso a gritos.

A la mañana siguiente, Nazar conocería la triste noticia de la muerte de los señores en una emboscada, mientras se dirigían a Petersburgo en su troika. Nadie había sobrevivido: ni el hermano menor, un niño todavía, ni la doncella, ni ninguno de los dos cocheros que se sentaban en el pescante ni los dueños de la casa. De inmediato, Nazar escribió a Liudmila Vasílievna, la única sobreviviente de la familia, la única heredera, para darle tristes noticias:

Su Excelencia, mi muy querida señorita Liudmila Vasílievna Ratushínskaya:

La propiedad de su familia ha sido violada. Me arrebataron las llaves, robaron el trigo —en la despensa sólo quedó un bote de harina—, saquearon la casa entera, hurgando por todas partes. Orinaron sobre el piano, escupieron en las camas, se llevaron todo lo que había de valor en los cajones del dormitorio principal. Se pusieron los sombreros de su padre y los abrigos de su madre. Luego quemaron algunos muebles, entre ellos también el piano y el escritorio del señor con todos sus documentos dentro. Hicieron una hoguera en el bosque de los tilos. Algunos árboles también ardieron. La puerta de la biblioteca la destrozaron a hachazos, pero los libros siguieron a salvo. Lo demás, lo robaron. Incluso los cuchillos, las medallas, los retratos, las cortinas, las alfombras, los platos de la cocina y ya no sé qué más, porque fui incapaz de verlo. Cuando yo me fui, la casa era un páramo de desolación. No puedo describirle el horror y el vandalismo de lo sucedido. Esas personas no son ciudadanos libres: son salvajes, animales feroces.

De pronto, encajaron todas las piezas.

—Juraría que la biblioteca no es la sala más grande de la casa —dije a Irina, que seguía junto a la ventana sumida en sus pensamientos—. Además, creo que la esgrima se practica sobre una plataforma que mide catorce o quince metros. Tendría que asegurarme.

Irina me miraba sin pronunciar palabra. Decidí seguir hablando:

—Este lugar no mide catorce metros de largo. ¿No te parece raro, si tu bisabuelo se tomaba la esgrima tan en serio?

—No entiendo nada, Sasha —dijo, por fin.

—La habitación de arriba, ¿te has fijado? Es más grande que ésta.

—Ahí estaba el salón. Es normal que sea espaciosa.

—Pero la más espaciosa era ésta… —recordé.

—Eso decía mi abuela —reconoció.

—Pero no es verdad.

—Podría estar equivocada.

—O puede ser que la sala haya menguado —aventuré.

Irina me dirigió una mirada de desconcierto. Sin embargo, yo ya no estaba atento a sus reacciones. Me encontraba junto a la pared que quedaba más lejos de la puerta. Apoyé en ella una oreja y la golpeé con los nudillos, sólo para asegurarme.

—¿Qué haces? —preguntó una Irina cada vez más perpleja.

Salí al jardín saltando por la ventana. Observar la casa desde fuera me ayudó a confirmar mis sospechas. Volví a entrar, de nuevo, por el atajo de la ventana.

Le pedí a Irina que hiciera lo mismo que yo.

Apoyó su oreja en la pared. Golpeó con los nudillos. Deduje por su expresión que no notaba nada extraño.

—¿No oyes cómo suena? —pregunté.

Negó con la cabeza.

Pensé que lo mejor sería pasar a la acción:

—¿Con qué podemos echar abajo este tabique?

Cuando formulé esta pregunta, yo ya estaba seguro: acabábamos de encontrar la biblioteca de Vasili.

* * *

Apenas queda nada por contar.

El tabique que descubrí había sido construido por Vasili Ratushinsky, tal vez con la ayuda de Nazar, antes de su desafortunada huida, casi noventa años atrás. Delimitaba un habitáculo ciego de poco más de dos metros de ancho, suficiente para esconder los diez mil volúmenes de su magnífica biblioteca, todos ellos identificados con su firma y la fecha en que fueron adquiridos. La construcción de la pared fue meticulosa e incluyó pintura y recolocación de cuadros y tapices. Nadie a simple vista podía reconocer el escondrijo. Era tan perfecto que ni siquiera había sucumbido al paso del tiempo. Su contenido estaba inalterado, exactamente como Vasili lo dejó: los libros apilados con cuidado. A un lado, las ediciones únicas y extrañas y los ejemplares dedicados por sus autores. Su estado de conservación era perfecto.

Por desgracia, lo único que Vasili no había podido prever fue que un grupo de desalmados le daría muerte, junto con el resto de su familia, en un camino solitario a apenas unos pocos quilómetros de su casa de verano, sin darle tiempo a revelar a nadie el secreto de su tesoro escondido.

* * *

Unas pocas semanas después de nuestro descubrimiento, Irina donó la colección completa de su familia —que incluía los libros de Vasili y también los de Dmitri, reunidos por primera vez— a la Universidad. Se acondicionó la mejor sala de la biblioteca de eslavas y se realizó un gran trabajo de clasificación que duró meses. Al fin, se inauguró con el nombre que honraba a la familia donante, aunque yo hubiera preferido que se llamara «Sala Irinushka», por motivos personales que nadie allí habría podido sospechar. Por supuesto, Irina fue invitada a la inauguración.

Desde entonces, visito a menudo la Sala de los libros viajeros de la biblioteca de eslavas. Me gusta pasear por allí y observar a los lectores, tan ajenos a todo lo que acabo de contar. Cada vez que uno de ellos abre un volumen, está abriendo también una puerta hacia un mundo diferente. Una de las puertas de esa casa interminable donde unas estancias llevan a otras y donde uno puede quedarse a vivir y ser feliz el resto de sus días.

Mataró, veranos de 2003 y 2004

nota de la autora

A veces, las razones que te llevan a escribir una novela son complejas de explicar. Las que me llevaron a escribir ésta tuvieron que ver con la primera novela rusa que leí, a los trece años. Era de Iván Turguéniev y se titulaba *Primer amor*. Fue el principio de una larga historia y, en ese sentido, el título no podía ser más apropiado. Un día cayó en mis manos un magnífico libro de Juan Eduardo Zúñiga, ruso de corazón y de obra, en el que el escritor explicaba cómo fue Turguéniev uno de los responsables de sus múltiples pasiones rusas. Leyendo ese libro, que se llama *El anillo de Pushkin*, fue cuando se me ocurrió la primera idea para esta novela.

Sin embargo, no hubiera podido escribirla sin algunas ayudas. La generosidad de mi admirado Juan Eduardo Zúñiga, que me contó secretos de Turguéniev y Paulina Viardot, fue imprescindible. Aunque a quien más deben estas páginas es al también escritor —y otras muchas cosas— Víctor Andresco. No sólo me prestó a sus antepasados para construir el pasado de la familia de Irina, sino que durante meses me envió libros, referencias bibliográficas, correos electrónicos y hasta chocolate ruso, marca Octubre rojo, que resultó ser un buen estimulante para la escritura.

La tuberculosis de Alejandro se lo debe todo al único médico a quien quiero tener siempre cerca: mi hermano Claudio, que lleva tantos años aconsejándome sabiamente acerca de cómo matar o hacer enfermar a mis protagonistas. Víctor no sería tan profesional sin la asesoría, las audiciones y la amistad de Rafa Eguílaz y Óscar Equivias. La ambientación soriana le debe algo a Aurora Gonzalo, soriana de pro, además de amiga. Por último, los entusiasmos, que tanto ayudan en esa fase en que todas las novelas entran en crisis: los de Claudia Torres, Ignacio Sanz, Mónica Montaña, Laura Blanco, Ángeles Escudero, Hilario J. Rodríguez y el incondicional, aunque siempre crítico de Deni Olmedo, a quien convertí en personaje —también— de esta historia.

Por último, un secreto para lectores cómplices: escribo estas líneas en una de las últimas jornadas del verano de 2005. Falta muy poco para que nazca mi tercer hijo —¿horas? ¿días?— que se llamará, precisamente, como el protagonista de esta novela.

www.caresantos.com
caresantos@caresantos.com

la biblioteca de Irina

AMIS, MARTIN: *Visitando a Mrs. Nabokov y otras excursiones.* Anagrama, Barcelona, 1995.

BERBEROVA, NINA: *Alexander Blok.* Circe, Barcelona, 1997.

—: *El subrayado es mío.* Circe, Barcelona, 1990.

BIELY, ANDREI: *Petersburgo.* Alfaguara, Madrid, 2002.

BOYD, BRIAN: *Vladimir Nabokov: los años rusos.* Anagrama, Barcelona, 1992.

BLOK, ALEXANDER: *Los doce y otros poemas.* Visor, Madrid, 1998.

DOVLÁTOV, SERGUÉI: *La maleta.* Metáfora. Madrid, 2002.

CAVALLARI, ALBERTO: *La fuga de Tólstoi.* Península, Barcelona, 1997.

CHÉJOV, ANTÓN: *Las tres hermanas. El huerto de los cerezos.* Alianza, Madrid, 2004.

—: *Cuentos.* Alba, Barcelona, 2004.

CHENTALINSKI, VITALI: *De los archivos literarios del KGB.* Anaya & Mario Muchnik, Madrid, 1994.

DOSTOYEVSKI, FIODOR: *Crimen y castigo.* Círculo de Lectores, Barcelona, 1991.

GALLEGO, VÍCTOR: *Antón Pávlovich Chéjov (1860-1904)*. Ediciones del Orto, Madrid, 1998.

LESKOV, NIKOLAI S.: *Lady Macbeth de Mtsensk*. Alba, Barcelona, 2003.

MORI, MOISÉS: *Estampas rusas: un álbum de Iván Turguéniev*. KRK, Oviedo, 1997.

NABOKOV, VLADIMIR: *Habla, memoria*. Anagrama, Barcelona, 1994.

—: *Pnin*. Anagrama, Barcelona, 1994.

—: *Cuentos completos*. Alfaguara, Madrid, 2002.

NEMIROVSKY, IRENE: *La vida de Chéjov*. Noguer, Barcelona, 1991.

PASTERNAK, BORÍS; RILKE, RAINER MARIA; TSVIETÁIEVA, MARINA: *Cartas del verano de 1926*. Grijalbo Mondadori, Barcelona, 1993.

PASTERNAK, BORÍS: *El doctor Zhivago*. Círculo de Lectores, Barcelona, 1995.

PITOL, SERGIO: *El viaje*. Anagrama, Barcelona, 2001.

—: *De la realidad a la literatura*. Fondo de Cultura Económica, Madrid, 2003.

PUSHKIN, ALEXANDER: *El habitante del otoño*. Pre-Textos, Valencia, 2000.

—: *El jinete de bronce*. Hiperion, Madrid, 2005.

SÁNCHEZ PUIG, MARÍA: *Guía de la cultura rusa*. Centro de Lingüística Aplicada Atenea, Madrid, 2003.

TÓLSTOI, LEV: *Anna Karénnina*. Cátedra, Madrid, 1986.

—: *Diarios (1847-1894)*. El Acantilado, Madrid, 2002.

—: *Diarios (1895-1910)*. El Acantilado, Madrid, 2003.

—: *Infancia, adolescencia y juventud: memorias*. Juventud, Barcelona, 1986.

—: *Guerra y paz*. Círculo de Lectores, Barcelona, 1991.

TSVIETÁIEVA, MARINA: *Un espíritu prisionero.* Círculo de lectores-Galaxia Gutenberg, Barcelona, 1999.

TURGUÉNIEV, IVÁN: *Padres e hijos y otras novelas.* Círculo de Lectores, Barcelona, 1991.

VIDAL, AUGUSTO: *Dostoyevski.* Círculo de Lectores, Barcelona, 1991.

ZÚÑIGA, JUAN EDUARDO: *El anillo de Pushkin.* Alfaguara, Madrid, 1992.

—: *Las inciertas pasiones de Iván Turguéniev.* Alfaguara, Madrid, 1996.

ÍNDICE